無職転生
異世界行ったら
本気だす
23
理不尽な孫の手
Rifujin na Magonote

エリス
ルーデウス
シルフィエット
ルーシー
ジークハルト
ロキシー

ナナホシ
ペルギウス
ゾルダート
サラ
人物紹介

健やかに殻を破り、強く、賢く、
そして優しく育つよう命名す、此れなる赤子の名は……
『サラディン』

無職転生～異世界行ったら本気だす～㉓

CONTENTS

第二十三章　青年期

第一話「緑の赤子」 8

第二話「天大陸への旅路」 28

第三話「天大陸の町『アルーチェ』」 54

第四話「命名」 69

第五話「異世界転移魔法装置」 100

第六話「ナナホシの行末」 126

第七話「狂犬古巣に帰る」 153

第八話「北神と冒険者と」 178

第九話「北神と傭兵と」 218

第十話「二つ目」 254

間話「ギースと最後の仲間」 280

「不幸は些細なことから始まる」

I don't need anything special happily.

著：ルーデウス・グレイラット
訳：ジーン・RF・マゴット

無職転生

異世界行ったら本気だす

第二十三章　青年期

第一話「緑の赤子」

★シルフィエット視点★

夢を見たことがあった。

あれは、ルディが王竜王国に行ってた頃だ。

夢の中で、一人の子供が泣いていた。

緑色の髪をした子供が泣いていた。

周囲には、何やら黒い影があった。黒い影は子供を囲んで、黒い塊のようなものを投げつけていた。子供は必死に逃げようとしていたけど、黒い影はどこまでもどこまでも追ってきた。

でも、子供が向かう先には、光があった。

子供が光に近づくと、光は子供を囲む黒い影に向かって光の玉を投げつけて、これを追い払った。

光は優しく子供を包み、子供は安らかに眠った。

この夢を見た時、ボクは昔の夢だと思った。

ボクが昔、村の子供たちにイジメられていた時の夢だと。

今になってこんな夢を見るなんて、ボクはよっぽどルディのことが好きなんだなぁ、と。

その時はそう思って、ベッドの中で少女のように身悶《みもだ》えした。


それから数ヶ月。

ルディが魔大陸に行ってた頃に、また似たような夢を見た。

でも、その時は、少し違った。

緑色の髪をした子供は出てきた。

けど、その顔がボクじゃなかった。ルディの顔をしていた。

ルディの顔をした緑色の髪の子供が、黒い影に追いかけられていた。

そして、なぜか子供が逃げる先に、光がなかった。ボクは慌てて子供に駆け寄り、黒い影から守ろうとした。夢の中のボクは魔術が使えず、黒い影を素手で払って消そうとしている。

黒い影はネバついていて、なかなか消えなかった。子供はボクの腕の中で震えていた。

この夢を見た時、ルディの身になにかあったのかも、と不安に思った。

怪我でもしたのか、誰かに囚《とら》われたのか。

エリスとロキシーがいるのに……。

もしそうなら、ボクはどう動くべきかと、真剣に考えた。

結局、その日のうちに帰ってきて、不安は解消されたのだけど……。

代わりに、別の不安が持ち上がった。

大きくなったお腹。この中にいる子供の夢なんじゃないかって。

でも、そんなのは杞憂《きゆう》だと、すぐに思えた。

ルディが子供を守らないはずがない。この子に光がないわけがない。妊娠中で、ちょっとナーバスになっているだけだって、そう思えた。

夢のことは、すぐに忘れられた。

そして、ルディが魔大陸から帰ってきた。

ボクは彼に、子供の名前を聞いてみた。

考えておくと言ってから六ヶ月。

生まれてから聞いてもいいけど、また旅に出るのなら、先に聞いておきたいな、と。

「……申し訳ない。名前なんだけど、まだ考えてませんでした」

その時、ボクの脳裏に、夢のことがよぎった。

暗い影にまとわりつかれ、誰にも助けてもらえない子供の姿。

同時に思った。もしかして、この子はルディに愛されないんじゃないか。

いや、そんなはずはない、って、すぐにそうは思ったけど――。

その日の晩、やっぱり夢を見た。子供は、ボクの手が届かないほど遠くで黒い影に群がられていた。ボクは必死に走っていって助けようとした。

けど、間に合わなかった。

ボクがたどり着いた時には、黒い影はいなくなっていて、子供は死んでしまった。

起きた時には、汗びっしょりだった。

ただの夢。ただナーバスになっているだけだ。

そう思い込みたかった。でも、どうしてもいろいろと考えてしまった。

もし、本当に緑色の髪の子が生まれたら……その子はきっと、迫害されるだろう。ボクがそうであったように。ボクの場合は、せいぜい近所の子供にイジメられるぐらいだったけど、ボクの子供が同じとは限らない。もっと酷《ひど》いことになるかもしれない。

もちろん、ルディは緑色の髪でも、きっと守ってくれるはずだ。エリスだって、ロキシーだってそうだ。——そう、わかっているのに、なぜ不安が消えないのだろうか。

その答えには意外に早くたどり着いた。

ボクは知っている。ラプラスの因子のこと。ボクの髪の色が緑色だった理由のこと。

ルディが一時期、そのへんに関して、ちょっと不安に思っていたことも。

もし、生まれてくる子がラプラスだったら——って。

ルディはどうするんだろう。今は少し違うけど、ルディは八十年後、ラプラスと戦うための戦力を集めている。

もし、ボクの子供がラプラスだったら、ルディのしてきたことは……。

……どうするんだろう。

決してルディを信用してないわけじゃない。信頼してないわけじゃない。

でも、どうするんだろう。

ボクは、どうしてほしいんだろう。

そのあたりを、ぐるぐると考えていたら、夜も眠れなくなってしまった。

最終的に、「でも、緑の髪の子が生まれるとは限らない」と結論づけた。

ただ、緑の髪でさえなければよかった。


でも、緑だった。

★ルーデウス視点★

赤子には、ジークハルトと名づけた。

女の子のルーシーやララは親の名前から、男の子のアルスは過去の勇者の名前からってことで、前世における不死身の英雄ジークフリートの名をあやかった。

最初はそのままでいこうかと思っていたが、ラノアでは「なんちゃらハルト」という名前が多いので、急遽《きゅうきょ》変更した。

愛称はジークだ。

ジークは普通の子供に見えた。

よく泣くし、よく眠る。おしっこもすれば、うんちもする。

少なくとも、あまり泣かなかったララや、俺が抱くと泣き喚《わめ》くアルスより、ずっと普通だ。

転生者には……いや、ボカすのはやめよう。

ラプラスには、見えない。

「と、俺は見ているんですが……どうでしょうか、ウチの子は……」

アルマンフィが現れ、ペルギウスからの呼び出しを告げてから早三日。

現在、時刻は深夜。前に座るは、オルステッド。

彼と俺の間には、籠《かご》の中でスヤスヤと眠るジークがいる。

先ほどまで泣いていたが、今はグッスリだ。

オルステッドも心なしか眠そうに見える。

ちなみにオルステッドの後ろには、エリスが立っている。そんなに警戒しなくてもいいだろうに、腰の剣に手をやっている。

「……お前は、俺の話を理解していなかったのか？」

「いえ！　もちろん、もちろん理解しています、信じてもいます！　ラプラスはまだ生まれない、なら、ウチの子もラプラスではない！　ええ、もちろん！　わかっていますとも！」

「……」

「でも、ほら、前におっしゃっていたじゃないですか。パックスが死んだことで、ラプラスの生まれについてわからなくなったって。てことは！　俺の存在がいろいろとアレしてぇ、この時代にラプラスがぁ、ヒトガミのせいでぇ、ってことも……あるんじゃないかな〜って……」

尻すぼみにそう言うと、オルステッドはため息をついた。

また説明しなきゃいけないのか、って顔だ。

「パックスが死んだことで、ラプラスの生まれる場所はわからなくなった……だが、ラプラスの因子は、まだ収束していない。五十年後なら可能性もあるが、今すぐに、ラプラスが復活することはない。どう転んでもだ」

収束とか、そんな話は聞いた覚えはないが……。

しかし、その言葉を信じると、

「つまりこの子は？」

「ただの可愛《かわい》い赤子だ」

オルステッドはそう言いつつ、ジークに向かって手を差し伸べようとして、エリスが鯉口《こいぐち》を切る音を聞いて、やめた。

別に頭ぐらい撫《な》でてもいいだろうに、過保護ですぞエリスさん……。

「では、この緑色の髪は？」

ジークの髪の色は緑。かつてのシルフィによく似た色だ。

赤子であるがゆえ、まだ薄く、ふわふわとしているが、確かに緑だ。

「ただ、緑なだけだ。ラプラスの因子か、ただの遺伝か……それだけだろう」

ただの緑の赤子……か。

「この子供はラプラスではない。それは俺が保証しよう」

「……ありがとうございます」

と、礼を言いつつも、まだ少し疑いたい。

オルステッドも、完璧じゃあない。前のループでそうだったからといっても、今回のループはイレギュラーも多い。

現に、オルステッドもいくつか計算違いを起こしている。

だから、ペルギウスがよく調べてみたところ、実はラプラスだった、よし殺そう、と、そうなってしまう可能性はあるかもしれない。あるいは、ペルギウスが誤認する可能性もある。

人のやることに絶対はないのだ。

それがどれだけ英雄と言われている人であっても。

「もしよろしければ、ペルギウス様のところに行く時、付いてきてもらえませんか？　それで、もし彼がラプラスかも、って言っても、守ってくださいませんか？」

「………………いいだろう」

オルステッドは、またため息をついた。

無駄なことだというのに、なぜこの男はこんな提案をするんだと言わんばかりだ。

俺も、自分が不安なだけなのにオルステッドに付き合わせるのは申し訳ないと思うよ？

でもね。うん。やっぱ人は間違いを犯す生き物だからね。

ともあれ、オルステッドに後ろに立っていてもらえば、ペルギウスも強引な手には出まい。俺のバックにはオルステッドさんがいるんだからな！

よし、解決だ。

このことに関してはとりあえず、ね。

「……」

「浮かない顔だな。まだ、何かあるのか？」

「まぁ……」

あれから、シルフィは目に見えて落ち込んでいる。

表面上は、いつも通り振る舞っているように見えるが、俯《うつむ》いていることが多いようにも見える。

緑色の髪の子を産んでしまったことに責任を感じているのかもしれない。

もちろん、家族の誰も気にしていない。ロキシーだけは、少し気持ちがわかるようで、カウンセリングのようなことをしている場面を、チラッと見た。

けど、シルフィは落ち込んだままだ。

俺もあれこれと話しかけてはいるけれど、どうすればシルフィの笑顔が戻ってくるのか、わからない。

「でもそれは、家庭のことなので」

「そうか。それで、ペルギウスのところには、いつ行く？」

「シルフィがもう少し安定したら、行きます」

アルマンフィには、待ってもらった。

子供は生まれたばかり、すぐに行くのは不可能だ、と。

アルマンフィは短く「了解した」と言って去ったが、ペルギウスはお待ちかねだろう。

あんな最速のタイミングで来るぐらいだし……。

オルステッドはラプラスではないと言った。

とはいえ、それを一方的に告げたところで、ペルギウスも納得はすまい。実際に、自分の目で見なければ……。

いろいろと大変だろうが、シルフィにも来てもらおう。多分だけど、その方がいい。

★
★
★

二十日が経過した。

子供の方は今のところ問題ない。むしろメチャクチャ元気に見える。

シルフィの方は、体調は安定してきたものの、相変わらず落ち込んでいる。ずっと暗い顔で。

しかし、昼間は赤子をしっかりと抱いている。この子は誰にも渡さないとばかりに、思いつめたような表情をしていることも多かった。

「シルフィ、ペルギウス様にジークを見せようと思うんだ」

そんな彼女にそう提案すると、シルフィはびっくりした顔で、ジークを抱きしめた。

「………やだ」

まるで、幼少期に戻ってしまったかのような、弱々しい態度。

しかもその表情は、昔、俺に向けていたものではない。イジメっこたちに向けていたものだ。

「なんで……そんなこと言うの……？」

「ペルギウス様に、ウチの子がラプラスじゃないってわかってもらわないとね」

シルフィは俯いてしまった。

「………もし、ラプラスだったら、どうするの？」

「え？　だから、オルステッド様もラプラスじゃないって……」

「でも、間違ってることも、あるんでしょ……？」

オルステッドも完璧ではない。

ジークのあまりの可愛さに、ラプラスだけどラプラスじゃないって言ってしまった可能性もある。

ないとは思うが……。

「その時は……」

「その時は？」

「空中城塞《じょうさい》を落としてでも、ジークを守るよ」

シルフィはその言葉に、また俯いた。

そして、消え入りそうな声で「うん」と呟《つぶや》いた。

★　★　★

そして、空中城塞へと赴くことになった。

メンツは、俺と、ジークを抱いたシルフィに加え、エリスとオルステッド、ついでにザノバだ。

ザノバを連れていくのは、ペルギウスを説得しやすそうな奴もいたほうがいいだろうという判断だ。

「ようこそ、おいでくださいました」

そんな大所帯を目にしたシルヴァリルの反応はいつも通りだった。

まず、ザノバとエリス、シルフィに対する心からの敬意。

俺に対する、上辺《うわべ》だけの敬意。オルステッドに対する不快げな態度。

いつも通りだ。

この人、もう少し気持ちを態度に出さないようにしたほうがいいんじゃないかと思うが……言ったところで、空中城塞ケィオスブレイカーはサービス業じゃないと怒られるだけか。

「では、こちらへ。ペルギウス様がお待ちです」

そして、いつも通りのルートで、謁見《えっけん》の間へと向かう。

会話はない。俺の隣で、ジークを抱いてとぼとぼと歩くシルフィ。

彼女を守るように、剣の柄頭《つかがしら》に手を掛けたまま歩くエリス。

後方には、状況を聞いてやや緊張の面持ちのザノバに、ヘルメットで顔の見えないオルステッドが並んで歩いている。

その隊列のまま、かつて、ザノバが褒めちぎった門を通る。

シルフィとジークからは、白い粒子の幻影が見えた。俺からも出てるのだろう。

少し不思議に思ったのは、オルステッドからは出ていなかったところか。彼には、ラプラスの因子ってやつは、ないのかね。

「……」

シルヴァリルがこちらを見たが無言だ。特に何も言うことなく、すいすいと先に進んでいく。

特に、反応はないところを見ると、

「ほら、シルフィ、やっぱり違うんだよ」

「……うん」

とはいえ、反応がないだけでは、確たる証拠にはなりえないのだろう。シルフィの反応も薄い。

シルヴァリルは振り返ることなく歩いていく。

瀟洒《しょうしゃ》なインテリアの並んだ廊下を通り、豪華な扉の前に立つ。

改めて見ると、この扉もまた趣味がいい。世界中の城を見て回ってきたからだろうか……あの日、ザノバがこの城を褒め続けていた理由がよくわかる。

今、それを口にしたところで、おべっかを使っていると思われるだけになりそうだが。

シルヴァリルはその豪華な扉を開いた。

「お進みください」

シルヴァリルに言われ、謁見の間へと入る。

そこには、やはりいつも通りの光景が広がっている。

大木のような柱に、大きなシャンデリア。人族や龍族の紋章の描かれた垂れ幕。赤いビロードの絨毯《じゅうたん》の両脇に立つ、仮面をつけた十二人の男女。

玉座に座るは、銀髪の龍王。

きらびやかで、偉大で、いっそ神々しいとまで言ってしまえるほどの光景。

これほどの謁見の間は、世界のどこを探しても、存在しない。

さらにそこにシルヴァリルが加わり完璧に……あれ、一人多い？

あ、ナナホシが混じってるのか。何やってんだあいつ。精霊ごっこか？

「来たな、ルーデウスよ」

「はい。ご無沙汰しております。ペルギウス様」

立ったまま頭《こうべ》を垂れる。

シルフィとエリス、ザノバが膝をつくが、俺は立ったままだ。

本当なら、俺も膝をついたほうがいいのだろうが、オルステッドの配下として、あまり腰を低くしてばかりはいられないってことは、最近学んだばかりだ。

案の定、シルヴァリルがムッとしていたようだが、ペルギウスは特に何も言わない。

ただ、今日の彼は不機嫌そうだ。

「随分と、待たされたぞ」

「……我が子が、生まれたばかりでしたので」

「アルマンフィより聞いている。だから待っていたのだ。他のくだらぬ理由であるなら、許さぬところだ」

子供が生まれたぐらいのことは些事《さじ》だと言って切り捨てたりはしない。さすが、寛大なお方だ。

しかし、それにしては不機嫌そうだ。玉座にある竜頭の肘置きを、トントンと忙《せわ》しなげに叩《たた》いている。

「その顔、この度、呼ばれた理由はわかっているようだな」

「はい」

「そして、このメンツ、話の流れ如何《いかん》では、戦いも辞さぬということか、見上げた覚悟だ」

「……はい」

ペルギウスは、苦々しい顔で、オルステッドを睨《にら》んでいる。

オルステッドは黒いヘルメットで表情は見えないが、いつも通りの怖い顔をしているのだろう。

頼もしい。

「ですが、ペルギウス様、戦いにはならぬかと」

「ほう！　戦いにはならぬか！　そうか、それほど、己の弁に自信があると言うか！」

「どうでしょう。しかし、戦う理由もありませんので……シルフィ」

俺はシルフィを立ち上がらせ、彼女が胸に抱く赤子を見せる。

「ご覧ください。四番目の我が子です」

「……それがどうした？」

「どうしたも何も。以前、ペルギウス様はおっしゃったではありませんか。シルフィとの間に息子が生まれたら、連れてこいと」

ペルギウスの動きが止まる。トントンと肘置きを苛立《いらだ》たしげに叩いていた指も、止まった。

構わず、俺は続ける。

「オルステッド様にも見ていただきましたが、この子はラプラスではありません。しかしながら、ペルギウス様も実際に見なければ、ご納得いただけないでしょう。俺としては見せずともよいかとも思いましたが、これから先のペルギウス様との友好のためにも、一応、スジは通しておこうかと思いまして」

「……」

ペルギウスは沈黙を保っている。

「ただ、オルステッド様の見立てが間違っており、その子がラプラスだった時は……」

「……その時は？」

「戦います」

ペルギウスの眉がピクッと動いた。

「お前は、八十年後、ラプラスと戦うために、各地を回っていたのではなかったのか？」

「そうです」

「そのラプラスを守るために、戦うというのか？」

言われてみると、矛盾している。

この子がラプラスだと知って、俺が守る。

この数年間してきたことが、完全に無駄になる行動だ。

「もし、この子が成長し、本当に人族と戦争を起こすのであれば、その時は……その時のための用意でもって対処します」

「芽を摘《つ》もうとは思わんということか」

「……はい」

俺の息子がラプラスだったら。

ってのは、怖い怖いと思いつつも、あまり深く考えてなかったように思う。

八十年後、ラプラスは戦争を起こす。

俺はそれに対し、オルステッドの負担ができるだけ軽くなるようにと、各国への呼びかけを行った。今、この瞬間、ラプラスが出現したら、俺も戦争に参加するだろう。

だが、少し考えてみよう。

例えば、戦争を起こさなければどうなるだろうか。

ラプラスが正気を取り戻し、戦争を起こすのをやめればどうだろう。

子供《ラプラス》は生まれたばかりで、説得の時間はいくらでもある。

教育というのは、将来のために行うものだ。

ラプラスに、これまでの全てとこれからの全てを教えれば、オルステッドの味方として……。

いや。

オルステッドは言った。ラプラスは殺さなければならない、と。

龍族の秘宝とやらを、取り出すためだろう。てことは、いずれオルステッドが俺の息子を殺すということで……くそ、八方塞《ふさ》がりじゃないか。

いや、落ち着け。

順に考えていけば、俺のやりたいことは見えているはずだ。

「俺は、いつだって家族の味方です。家族を害そうとする奴がいるから、オルステッド様の配下となった。そのオルステッド様が俺の家族を害するというのなら、戦うまでです」

「その原因が、お前の息子にあったとしてもか？」

「……俺は、きちんと、善悪の判断ができるように教えるつもりです。まだ子供たちは小さいけど、少なくとも成人……十五歳になるまでは、守ります。その後、俺の言葉を無視するようなら……その時は、俺が責任を持って、対処します」

「ほう、対処か、具体的には、どう対処するのだ？」

「…………できる限りは、再教育を」

できる限りは。できない分は、たとえ子供といえども……いや……。

「殺す……とは、言わんか」

「どんな人生を送っていても、間違える時は間違えますので。やり直す機会を与えたいです」

としか、言えない。

それ以上のことは、俺の口からは言いたくない。

ルーシーが、ララが、アルスが、オルステッドと敵対して無残に殺される未来など、考えたくもない。

だが、俺がどれだけ立派な教育ってやつを施したとしても、ダメな時は、ダメだ。

人は人の思い通りには、育たない。

自分自身だって、自分の思い通りにならないことが多いのだ。子供とはいえ、別の個体を思い通りにできるはずがない。

だから、せめてチャンスを、と思う。妥協点だ。

「我は子を持たぬ。ゆえに、その考え方は理解できん。厄介事の芽を育て、それを己で刈り取るという、貴様の考え方はな」

ペルギウスはそう言って、笑った。

「だが、貴様は、妻を守るべく、オルステッドへ無謀な戦いを挑む愚かな男であった。理解できなくて当然だ。理解できぬが……堅き信念を持っているのはわかった」

ペルギウスが玉座を下り、ゆっくりとこちらに歩いてくる。

目の前に立たれると、やや見上げる形となる。

「ならばこそ、貴様にチャンスと試練を与えよう」

「チャンスと試練？」

「赤子を連れ、アルーチェの丘にある祠《ほこら》を訪れ、洗礼を受けよ」

「アルーチェの丘……？」

聞いたことない地名だ。

周囲を見ると、誰もが首をかしげていた。オルステッドだけはかしげていないが、さりとて表情も見えない。さすがに知っているとは思うが。

「ナナホシも、それでよいな」

俺が困惑していると、ふとペルギウスはそう言った。

なぜここでナナホシの名前が出てくるんだろうかと、彼女の方を見る。

「話がよく呑《の》み込めないけど……ルーデウスにはお世話になってるし、構わないわ」

ナナホシはため息をつきつつもそう言った。どこか残念そうだ。

もしかすると、何か用事があったのかもしれない。じゃなきゃ意味もなく精霊と一緒に並んだりはしないもんな。

とはいえ、ウチの家族の一大事。申し訳ないが、こっちを優先させてもらおう。

「それで、ペルギウス様、アルーチェの丘というのは、どこに……？」

「自分で探せ……と言いたいところだが、教えてやろう。どのみちオルステッドが知っていることだからな」

「あ、はい。すいません。お手数かけます」

そして言った。

ペルギウスは、高らかに。

「天大陸だ」

俺が未《いま》だ、足を踏み入れたことのない大陸の名を。

第二話「天大陸への旅路」

天大陸。

地図で言えば最北端に位置し、中央大陸と魔大陸をつなぐ唯一の大陸。

大陸と名は付いているものの、中央大陸とは地続きだし、魔大陸にも引き潮の時なら歩いて渡れる。

そんな土地がなぜ中央大陸や魔大陸と別個の大陸として扱われているか。

それは高さにある。天大陸は、標高三千メートルはあろうかという断崖絶壁の上に存在しているのだ。

基本的に、人の行き来はない。

行こうとして行けないことはないらしいが、道らしい道はなく、断崖絶壁には翼のある魔物が多く生息しているため、道行きは非常に困難なものとなる。中央大陸で指名手配され、賞金稼ぎに追われた犯罪者が魔大陸へと渡るため、天大陸の断崖絶壁を伝って移動するという話を聞いたことはあるが、まず生き残れないそうだ。

空でも飛べればと思うところだが、この世界の空は、ドラゴンの領域だ。飛行機はおろか気球すらも発達しなかった。人が空中に無防備に浮くのは、無謀なのだろう。

そんな場所に、生後一ヶ月の赤子を連れていく？

正気の沙汰ではない。

「というわけで、天大陸につながる転移魔法陣の場所を教えていただければ幸いです」

場所は郊外にある我が社の事務所である。

エリスはすぐ後ろにいる。ロキシーとシルフィは別室でジークと一緒だ。

ひとまずペルギウスと戦闘に入ることはないだろうということで、ザノバには帰ってもらった。

「……」

オルステッドは相変わらず怖い顔だ。

でもこの怖い顔は、どちらかというと、言いにくいことを言おうか迷ってる時の怖い顔。

となるともしかして、天大陸につながる転移魔法陣は存在していないとか……？

「転移魔法陣を使っては、ペルギウスは納得すまい」

「ああ、なるほど」

言われてみると、ペルギウスは『試練』と言ったのだ。

その試練には天大陸のアルーチェの丘で洗礼を受けることだけではなく、そこに至るまでの道程も含まれているということなのだろう。

とはいえ、ここから天大陸まで陸地を移動するとなると、大変な時間がかかってしまう。

「天大陸の近くまでの転移もダメなんですかね」

「近くまでなら問題なかろう」

赤子を連れて天大陸の麓《ふもと》からロッククライミングし、山頂にたどり着いて、そこにいる人から洗礼を受ける。

これが試練のワンセットってことか。

道程はさておき、連れていくのは生後一ヶ月未満の赤子だ。途中で体調を崩すかもしれないし、三千メートルともなれば高山病も心配だ……。

うーん、かなり厳しそうだ。

だからこそ試練なんだろうけど。

「うーん……」

やはりこれは、空中城塞《じょうさい》を落とすしかないのではなかろうか。

「オルステッド様は、この試練、こなせると思いますか？　生後一ヶ月の子供を連れて」

「ああ」

「その心は？」

「ジークハルト、といったか。あの赤子は肉体面にラプラスの因子の影響が強く出ている。そういった子供は、あらゆる病気や環境への耐性を持っているものだ」

「あ、そうなんですか」

「ああ、ラプラスは己が転生する肉体がどんな過酷な環境であろうと生き延びるよう、転生術に工夫を凝らした。因子が強く出ている子供ならば、天大陸への移動も耐えられよう」

そうか。

オルステッドがそう言うなら、ジークの方は大丈夫ってことか。

俺が大ポカをやらかして、背負った赤子をロック鳥にでも連れ去られない限りは。とはいえ、そこは一緒に行くであろう、エリスやロキシーがしっかりカバーしてくれるはずだ。

「なんだか、申し訳ありません。ギースのこともあるのに、こんな……」

「わかっている」

「……そう言っていただけると」

「お前が家族を守るため、森を一つ消滅させたことは、まだ憶《おぼ》えている。ラプラスが復活する前にケイオスブレイカーを落とされてはかなわん。あれも大事な戦力だ」

そりゃそうか。オルステッド的には俺もペルギウスも同じく戦力。それが勝手にぶつかり合って消滅してもらっては困るよな。

「ともあれ、ご理解をいただけて何よりです。早速準備の方に取り掛かります」

「ああ」

やるべきことが決まったところで、俺は振り返る。

そこには、いつも通り、腕を組んで立つエリスの姿があった。

「エリスも、それでいいかな？」

「私は構わないわ」

エリスはギロリと、最近では珍しく、俺を睨《にら》むように見た。

「でも、シルフィとはちゃんと話したほうがいいわ」

「……了解」

エリスに言われるとは思わず、俺は苦笑いしつつ、しかし真面目に頷《うなず》くのだった。

★シルフィエット視点★

どうすればいいかなんてわからなかった。

誰に何を、どうしてほしいのかもわからなかった。

それどころか、どうなってほしいのかすら、わからなかった。

何もかもがわからなくて苦しかった。

ルディがペルギウス様にジークを見せると言った時、ペルギウス様がジークを連れ去ってしまえば楽になるかも、と一瞬思ってしまい、ショックを受けた。

だから、多分だけど、ボクは別に、ジークがラプラスかもしれないからこんな気持ちになってるわけじゃないんだと思う。

でも、じゃあ何が怖くて、何が不安なのかって聞かれると、わからない。

ボクはただ、ジークを抱いて、震えていた。

天大陸に洗礼を受けに行けと言われても、自分の意思が湧いてこなかった。本当に、昔に戻ったような気分だった。ブエナ村で、他の子供たちにイジメられていた、あの頃に。

あの時は、ルディが助けてくれた。イジメっこたちを追い払ってくれて、いろんなことを教えてくれた。魔術とか、簡単な読み書きとかも。

今回はどうなんだろう。

ルディは助けてくれるんだろうか。

子供の頃だったら、何も知らない頃だったら、ルディのことを全部信頼して、きっと助けてくれるだろうって思えた。

けど今は違う。

ルディのことは好きだし、信頼してる。

けど、ルディが人間だってこともわかっている。

そう、ルディは人間なんだ。万能で、何でもできるように見えるけど、実はできないことも多いし、怖いこともあるし、もちろんいつもなら上手にできるはずのことを、失敗することだってある。

名前をつけ忘れたことだってそのうちの一つだ。一瞬ショックは受けたし、残念には思ったけど、別にそんなに怒っているわけじゃない。

今、ルディはオルステッドの下で働いている。

毎日、とっても忙しいのがわかる。アスラ王国の時がそうだったように、ミリスでも、魔大陸でも、それ以外でも、大変な目にあっている。

人には限界がある。ボクはそれを、よく知っているつもりだ。

オルステッドの下で働きながら、家のことまで完璧に見るなんて、できることじゃない。

だからこそ、ボクがやると心に決めたんだ。

ルディが、自由に動けるように。

ルディに助けを求めちゃいけない。

ボクがなんとかしなくちゃいけない。

だから、ルディは助けてくれない。

でもどうやればいいのか、何をすればいいのか……わからない。


「シルフィ」


ぐるぐるもやもや、答えのでない問答を自分の中で続けていると、ふと誰かが言った。

ボクの意識は急速に現実へと引き戻されて、自分の名前を発言した人物を、横目で視界に収めた。

ロキシーだ。

「その……間違っていたら申し訳ないんですが」

ロキシーはやや難しそうな、しかし真剣な顔で、聞いてきた。

「もしかしてシルフィは、ジークがラプラスかどうかより、緑色の髪をしていることが、気になっているんですか？」

気づけば、顔をロキシーの方へと向けていた。

目も見開いていたと思う。

「……なんで？」

「リーリャさんから、シルフィは昔、髪の色で他の子供たちにイジメられていたと聞きましたから」

ああ、そうだ、と思った。

なんで忘れていたんだろう、と。

髪の色が変わって、もう随分経《た》って、ルディと再会して、結婚して、いつしか昔の自分を知っている人は、ルディしかいないと思い込んでいた。

けど考えてみれば、リーリャさんは知っていたんだ。

あまり、そういうこと、考えたことなかったけど、あの人が昔のボクのことを知らないはずがなかったんだ。

なんで、相談しなかったんだろう……いや、リーリャさんはボクに話しかけてくれていた。

ボクが、心を閉ざして聞こうとしなかったんだ。

「シルフィは憶えていないでしょうけど、かく言うわたしも、ブエナ村にいた頃、シルフィに一度会っているんですよ。ご両親に相談を受けたこともあります」

「……どんな？」

「シルフィの髪の色のことです。やはり悩んでいたようで」

なんというか、不思議な話だった。

物心ついた時から、お父さんもお母さんも、ボクの髪色について何かを言ったことはない。

イジメられて、泣きながら帰ってきて、どうしてボクの髪の色はみんなと違うのと聞いた時も、うまく説明できないみたいで、悲しそうな、申し訳なさそうな、複雑な顔をしつつ、そっとボクを抱きしめて、「大丈夫」と言ってはくれたけど、全然大丈夫じゃなくて……。

「なんて、答えたの？」

「スペルド族ではないと保証しますので、他の住人にきちんと説明しつつ、愛情を持って育てれば大丈夫、と」

ああ、だからあの時、お父さんとお母さんは抱きしめながら「大丈夫」と繰り返し言ったのか。

もちろん、口だけじゃなくて、お父さんとお母さんが、本当にボクを愛してくれていて、一生懸命育ててくれたのは知っている。

昔はわからなかったけど、今ならわかる。

「ブエナ村は魔族を差別する空気がほとんどなかったので大丈夫だと思っていましたが、子供までそうだとは限りませんからね……」

ロキシーはそこで、胸をドンと叩《たた》いた。

「ともあれ、髪の色で差別されることに対する心構えなら任せてください。見ての通り、私もこの見た目の上、魔族ということで、それなりに差別の経験は積んでいますので！」

そう言うロキシーは、いつもの数倍は頼もしく見えた。

きっと、ルディはロキシーのこういうところを尊敬してるんだろうな……。

でも、そっか……そうだよね。今はもう、ボクは一人じゃないんだ。

リーリャさんもいるし、ロキシーもいる。エリスは育児のことに関しては頼りないけど、でも投げ出したり、任せっきりにせず、一生懸命やろうとしてくれる。

「天大陸は、みんなで行きましょう。家の留守をリーリャさんだけに任せてしまうのは不安ですが、幸い、頼れる人は大勢いますから」

ロキシーはそう言って、ボクの背中をそっと撫《な》でてくれた。

かなり心が軽くなった。

★ルーデウス視点★

オルステッドとの会話から戻ってくると、シルフィの様子が少し変化していた。

口数は相変わらず少ないが、目に光が戻っている。ついでにロキシーもやる気に満ちた目をしているので、ロキシーがシルフィと話してくれたのだろう。

ロキシーは本当に頼りになる。

俺もシルフィと少し話をした。オルステッド曰《いわ》く、ジークは体が丈夫だから旅にも耐えられるということ、俺が全力で守るということ。ついでにもう一度、名前をつけ忘れていたことを謝っておいた。許してくれてはいないのか、それについては生返事だったが。

旅について、シルフィは家で休んでいてくれてもいいと、そう言おうかとも思ったが、やめておいた。なんとなくだが、シルフィはそう言われると、またショックを受ける気がしたのだ。

今回は一緒に行こう。

産後で、まだまだ体も回復しきってはいないだろうけど、その方が、きっといい。

俺もできるだけ気遣おう。

さて、ロキシーもシルフィも天大陸に行く。エリスも当然という感じで行くだろう。

となると、家にいるのがアイシャとリーリャとゼニス、そして子供たちばかりになってしまう。

アルスもララもまだ小さいのに、手は足りるのか。

家に帰り、そうした不安を吐露してみたところ、リーリャからは「大丈夫」と頼もしい声が、アイシャからは「いざとなったら傭兵《ようへい》団員に手を貸してもらうから大丈夫」と現実的な声が上がり、ひとまずなんとかなりそうだと安堵《あんど》した。

それから、三日ほどかけて準備をした。

初日はオルステッドのところで経路と日程の確認と、天大陸の特性の把握、装備などの申請だ。

幸いにして、事務所から各地の転移遺跡へと通じる魔法陣は設置済みだ。

一日目は事務所から転移遺跡へ、遺跡から天大陸の麓へと飛び、崖を登る。

崖を登ってから半日から一日ほど移動した場所に、アルーチェがある。

アルーチェとは、天族の町の名前だそうで、アルーチェの丘は、その町の近くにある丘を指すそうだ。

町で一泊した後、町の近くにあるアルーチェの丘を登り、洗礼を受ける。

あとは転移魔法陣をどこかに設置し、帰ってくる。

最短で三〜四日。余裕を持って、六日といったところか。

高所に登るので高度順応が必要かもしれない。人の体は酸素の薄い場所で生きるのに適していないのだ。

そんな不安をオルステッドに言ってみたところ、彼はあっさり対処してくれた。

首輪型の魔道具を人数分くれたのだ。

この魔道具は、空気の薄い場所で起こる身体障害を無効化してくれるらしい。

元々は魔大陸にある瘴気《しょうき》の谷を行き来する種族が持っているもので、基本的には毒素の強い場所で起こる身体障害を無効化してくれるらしいが、天大陸を登る時にも有効だそうだ。

オルステッドのポケットからは何でも出てくるな。もしかすると二十二世紀に作られたロボットなのかもしれない。

いや、顔を見るだけで子供が泣き出すようなロボットは売れないか……。

出発二日前、ルーシーが暗く沈んでいた。

どうしたのかと聞いてみると、ママたちがみんないなくなると聞いて、寂しいのだそうだ。

最近のシルフィの精神状態を考えると、あまり構ってもらえてなかったようだし、こうなってしまうのも道理か。親の都合を子供に押し付けているようで申し訳ないが、親だって人間なのだから、鬱《うつ》になる時もある。

俺はその日は、できるだけルーシーに構ってやりつつ、生まれたばかりのジークが少し大変だという話をした。お姉ちゃんなんだから我慢しろ、とは言いにくいし、あまり言いたくもないけど、他の子が大変な時には、ルーシーも協力してほしいという旨を話しておいた。もちろん、ルーシーが大変な時には、パパも精一杯頑張ってルーシーを助けるから、と。

ルーシーは最初の方こそむくれていたが、最後の方はわりと神妙な顔で聞いてくれた。

わかってくれたと思いたい。

その日の晩、ルーシーはジークの眠るゆりかごのそばで、ジークの面倒を見ていた。

最初のうちは、無表情でジークをじっと見ていたので、一瞬ヒヤッとした。

こいつさえいなければ、とそう考えているのかと思ったのだ。

が、ジークが泣き始めるとリーリャかアイシャを呼びに行くし、ララやアルスがぐずれば、そっちにすっ飛んでいってあやしてあげる。恐らく、俺の言葉を受けて、協力してくれているんだと思う。

俺が彼女と同じ年齢……もちろん前世の年齢だが、その頃には、こんな風には動けなかった。

兄や姉、弟ばかりズルいと言って、親を困らせていただろう。

ルーシーはまだ幼いのに、凄《すご》いことだ。

そして、あっという間に出発の日となった。

俺とエリス、ロキシーにシルフィ、そしてジークだ。

四人での旅。今まであったようでなかった気がする。いや、旅行自体はあるんだけどね、アリエルの戴冠式とか、みんなで行ったし。

シルフィとジークが大変という時に不謹慎かもしれないが、少しだけワクワクする。

「じゃあ、行ってきます」

「はーい」

「お気をつけて」

「……いってらっしゃい」

リーリャとアイシャは当然のように頷き、アイシャと手をつないだルーシーだけは、少しだけ嫌そうで、でも必死にその態度を顔に出すまいとしているのがわかった。

ギースとの一件が終わったら、もっと構ってあげたいと思う。

★ ★ ★

出発から数時間後、俺たちは天大陸の前に来ていた。

場所は中央大陸の最北東端。

目の前には、見上げんばかりの断崖絶壁。左右を見れば、遠くに海が見える。

断崖絶壁は、本当にただ岩肌が続いているわけではない。

近隣住民の中には、この断崖絶壁に神がいると信じている人がいるらしく、ハシゴやら取っ手やらが各所に付けられている。

オルステッド曰く、二百メートルほど登ったところにその神を祀《まつ》る祠《ほこら》があるらしい。

そこからさらに上にも、登るための楔《くさび》が打ち込まれている。

かつて、この断崖絶壁を登ろうとした者が設置したものだ。彼らが無事に登りきれたのかどうかはわからない。少なくとも、大半は到達できずに落ちたそうだ。

ちなみに、右手には道がある。

道というレベルではなく、なんとか歩ける場所に足跡が残っている、といった程度だが……まぁ、人が歩いた場所が道だ。

この道は、道中で幾度となく途切れつつも、魔大陸まで続いている。

こっちも過酷な道ではあるが、登るよりは大変じゃないらしく、ここを通過して魔大陸へ、あるいは魔大陸から中央大陸に渡ってきた者が、相当数いるそうだ。

「……高いわね！」

エリスは断崖絶壁を見上げて、やや興奮気味だ。

腕を組んで、「さぁこれから踏破してやるぜ！」と言わんばかり。

どっかの街の十四歳の少年のようだが、ここは世界の果てではない。

「……」

シルフィはめちゃくちゃ不安そうな顔だ。今のメンタルもあるだろうが、彼女は高いところが苦手らしいから、これも当然か。

「あの、ルディ……これ、どうやって登るんですか？」

断崖絶壁を見上げていたロキシーが、不安げな声を上げる。

もちろん策はあるんですよね？　と言いたげな声だ。

もちろんあるとも。

俺が何の策もなく、乳幼児を連れてロッククライミングに挑むと思うのかい？

「皆、こっちに」

俺は比較的足場の少なそうなほうへと皆をいざなう。

まぁ、別に足場の有無なんて関係ないけど、後々にここを登る人の邪魔になったら悪いからね。

まず、土魔術を使い、大人四人が乗っても余裕があるサイズの箱を作り出す。少々重いが、頑丈なやつだ。入り口と、外の様子がわかるように、かつ明かりが取れるように窓も付けておく。

「さぁどうぞ」

全員が箱に入ったのを確認し、入り口を閉じる。

「何よこれ」

「まぁまぁ、細工は流々《りゅうりゅう》、仕上げをご覧《ろう》じろ」

エリスが首をかしげているのを尻目に、俺は床に手をつく。

使う魔術は、石柱《ストーンピラー》。四本の柱を箱をガッチリと固定させるような形状に変形させ、その後、さらに魔力を込める。

「！」

箱がゆっくりと動き始める。真上へと。

「おお……！　なるほど、確かにこうすれば安心ですね」

ロキシーの声に鼻が伸びる。

ベガリット大陸でも使った俺のオリジナル魔術『エレベーター』だ。

当時より、さらに安全性に考慮している。

箱を支えて持ち上げる柱もかなり魔力を込めて頑丈に作ってはいるため脆《もろ》くはないが、三千メートルまで耐えうる柱の強度となると、莫大《ばくだい》な魔力が必要になってくるため、五十メートルごとに新しい柱を作ってリレーしていく。

大丈夫だとは思うが、もし途中で疲れたり、魔力切れを起こしそうなら、崖壁に穴を作り、そこに箱ごと収納すれば安全に休憩できるって寸法だ。

「……」

シルフィはジークを抱きつつ、窓の外をチラと見て、一瞬で顔を青ざめさせると、俺のそばに寄ってきてペタンと座った。

最近はいろいろあったから、こういう時に俺のそばに来てくれるのは地味に嬉《うれ》しい。

「……つまんないわね」

エリスはしばらく窓の外を見ていたが、やがてそう言って座り込んだ。

「いいんだよコレで、赤ちゃんを連れて崖登りなんてできるわけないだろ？」

「ふん！」

エリスはそっぽを向いた。

手が出てこないということは、それぐらいわかっていると言いたいのだろう。

ともあれ、今回の旅において、俺は二人を絶対に傷つけないと誓おう。

たとえそれがどんなに地味な姿であろうとも。

なんてカッコつけたところで、俺が名前を考え忘れたのは帳消しにはならないけどな。

★
★
★

数時間が経過した。

約五十メートルごとに柱を交換しつつ、順調に上へと登っていっている。

シルフィはずっとジークを見ていて、ロキシーはそんなシルフィにいろいろと話しかけている。

シルフィも、普段通りではないが、普通に返事をしている。

会話の内容は他愛《たわい》のない話だ。

ロキシーの仕事の愚痴とか、学校での出来事とか、ルーシーがやったイタズラのことだとか、アルスとララがどうだとか。

俺もそれに参加したいが、基本的に柱の生成から離れるわけにもいかないため、指をくわえて見ていた。

エリスはというと、窓の前に陣取り、窓の外を見ていた。

窓の外の景色はよかった。

段々と離れていく陸地、雲の切れ間には巨大な生物が群れを成して飛んでいるのが見えた。あれは青竜だろうか。青竜は近くで見たことないんだよな……。

柱を二十回交換した頃、大体標高にして千メートルを超えたあたりから、鳥の魔物が目立つようになった。

大きさは三メートル程度、翼を広げたら六メートル以上になるだろう巨大鳥が、ギャーギャー騒ぎながら箱の周囲を飛び始めたのだ。周囲を旋回したり、上に乗ったりつついたりと、にわかに騒がしくなった。見慣れぬ物体を警戒しているのだろう。

縄張りに入ってきた正体不明の物体を破壊しようとしている節もある。

もちろん箱は非常に頑丈だ。魔物がちょっとつついた程度で壊れるわけもない。

ただ、ちょっと揺れる。

揺れるとシルフィの顔から血の気がサッと引き、ジークがグズって泣き出し、ロキシーが「大丈夫です。大丈夫ですよ。落ちたりはしません！」と根拠のないフォローを入れてくれる。

もちろん落ちません。落ちそうだなと思ったら、一度崖面に箱を固定し、周囲の魔物を排除する予定ですので。

とはいえ、今のところその兆候はないため、無視して上昇している。

魔物は何もできない。

時折、窓から首を突っ込んでくるが、エリスが切り落としておしまいだ。

お陰でちょっと箱の中が血なまぐさい。

とはいえ、俺たちも箱入り娘ってわけではない。

多少の血なまぐささならへっちゃらということで、文句を言う者は誰もいなかった。

しばらくして、箱を崖面の中へと移動させ、多少中を水で洗い流した後、休憩をとった。

ちょっと遅めの昼食は、出がけにリーリャとアイシャが作ってくれたお弁当だ。

中身はサンドイッチ。硬めのパンに、肉と野菜が挟んである。

普段食べているものとそう変わらない素朴な味だが、窓の外から広がる絶景を眺めながらの食事は、なかなかに悪くなかった。

「たまにはこういうゆっくりなのもいいわね」

「……もう、エリス、お行儀悪いよ」

「わかってるわ」

エリスが窓の外を見ながらモッチャモッチャとサンドイッチを食べこぼし、それをシルフィが注意する。エリスはわかっていない。いつもの光景が久しぶりに見られた気がする。

「ジーク～、パパでちゅよ～。お風呂はいりましょうね～」

シルフィが食事をとっている間、ジークの面倒は俺が見た。

オムツを交換し、土魔術で桶《おけ》を作って入浴をさせてあげる。

改めて見ると、髪は緑で、耳もほんの少しだけ人族より長いか。顔立ちは、シルフィと俺を足して二で割った感じ。まぁ、当然か。俺の成分が入ってなかったら逆にちょっと不安になる。

顔を近づけてベロベロバーしてやれば笑い、顔を遠ざけるとポカンとした顔をする。

抱っこしてやると、俺の顔をじっと見つめてきた。

ルーシーが生まれた頃は、動作一つ一つに疑問を覚え、もしや転生者なのではと不安に思ったりもしていたもんだが、もうこの子で四人目ということもあって、そういった疑いは抱かなくなってきた気がする。

それにしても、子供って何人作っても愛《いと》おしく感じるものなんだなぁ。

ジークの手に人差し指を近づけると、ギュッと握られた。

実に力強い。赤子というのは、生まれた時から結構な力を持っているものなのだ。

そう思った次の瞬間、

「イッ……ヅ！」

パキッという音と共に、激痛が走った。

反射的に手をジークから引っこ抜こうとし、思いとどまり、冷静に左手を使ってジークの手を引き剥《は》がした。

激痛を発する人差し指を見てみると……。

「嘘《うそ》だろ……」

折れていた。

いくらなんでも力強すぎない？

「ジーク!?」

次の瞬間、シルフィがすっ飛んできた。

そして、俺の指を見て、目を見開いた。

「えっ、ルディ、その指……」

「折れちゃった」

「……」

シルフィはなんとも言えない顔をしていた。

が、おずおずと俺に手を差し伸べると、人差し指を包み込んでくれた。

淡い光が発せられ、痛みが消えていく。無詠唱の治癒魔術。お見事にござる。

「ありがとうシルフィ」

「……うん」

「力強いね。この子」

「うん。ボクも、ほら」

シルフィはそう言って、自分の手首を見せてくれた。

そこには、ハッキリと手の形をした痣《あざ》があった。

うーむ。もしかしてこの子、生まれてすぐに毒蛇を絞め殺したりしてるんじゃなかろうか。

この一ヶ月、誰も目を離してないとは思うけど。

「子供の頃からこんなに力が強いなら、剣士になると大成しそうだね」

将来はヒュドラとか倒しに行きそうだ……いや、その流れだと俺死ぬな。パウロになっちゃう。

「どうかな……ザノバを見てるとそんな感じしないけど……」

シルフィは苦笑しつつそう言った。

ザノバも生まれた時からヤバかったそうだが、今は立派な人形オタクだから、そう言うのだろう。

シルフィは知らないかもしれないが、あいつは戦場ではかなりデキる男なのだ。パワーはもちろんのこと、勇気と知略の男なのだ。

「剣なら私が教えるわ！」

と、サンドイッチを食べ終えたエリスが声を上げた。

昔なら、エリスに剣なんて教えられるのかと思ったところだろうが、少なくともノルンや、魔法大学の他の生徒たちはしっかりとエリスから剣を学んでいる。

授業……と言えるかどうかはさておき、その内容を聞いた感じでは、かなりまともだった。

ドンッとかクッとか、擬音で教えるパウロや、「わかったか？」としか言わないルイジェルドよりは全然上である。

教え方としては、ギレーヌに近い。言ってることが合理的なのだ。

エリスは子供たちに剣術を教えることが自分の仕事だと思っているらしく、子供用の木刀なんかを用意していたりする。

すでにルーシーはエリスの指導のもと、木刀を振り始めている。

英才教育は始まっているのだ。

「ウチの子供たちは、みんな剣も魔術もできるようになりそうですね」

そう言うロキシーは、もちろん魔術を教えるつもりのようだ。

ルーシーも、ぼちぼち魔術の詠唱を習得し始めている。

魔術を使い始める時期は、小さければ小さいほどいいからな。魔力総量は、たくさんあって困ることはない。

ともあれ、魔術に関しては、ロキシーに任せておけば、問題あるまい。

成人する頃には全員が聖級魔術師だろう。

「皆の成長が楽しみだね」

シルフィにそう言うと、彼女ははにかんで笑い「うん」と言った。

久しぶりにシルフィの笑顔が見れた気がして、ちょっと安心した。

★　★　★

それから、またしばらく上昇を続けた。

標高二千メートルを超える頃には鳥の魔物はあまり見なくなった。

その代わり、翼の生えた山羊《やぎ》のような魔物と、首が蛇のように長いトカゲの魔物が出現するようになった。

トカゲの方は崖面の隙間《すきま》に生息しているのか、崖側の窓からいきなり顔を突っ込んできたので、驚いた。首が長いお陰で、箱の中でもかなり俊敏に動き、俺たちを狙ってきた。

まぁ、首の位置が固定されている以上、五秒ももたなかったが……。

きっと断崖絶壁の亀裂の奥とかに隠れている獲物を引きずり出すために、ああいう首になったんだろう。

そいつを除けば、やはり危険なことはなかった。

夕飯用に山羊を一匹だけ狩り、それ以外は無視して上へと登った。

★ ★ ★

柱の交換回数が六十回を超えた。

外は濃い霧に覆われている。恐らく、雲に突っ込んだのだろう。

時刻はすでに夜。

灯火《ともしび》の精霊のお陰で箱の中は暗くないが、一度就寝するか、このまま登るかで迷うところだ。

高度としては、そろそろ到着してもいい頃だが……。

そう思っていると、ふと霧が晴れた。

同時に、窓の外の視界が開けた。

外側の窓だけではなく、崖側の窓も。

柱の上昇を停止させる。

窓の外を見ると、月明かりに照らされた平原が見えた。

天大陸だ。

第三話 「天大陸の町『アルーチェ』」

天大陸。

箱から降り立った俺たちの目の前には、だだっ広い平原が広がっていた。

寒いせいか、それとも酸素が薄いせいか、木すらも生えておらず、地面は丈の短い雑草と苔《こけ》で覆われている。

さすが、標高三千メートルってだけはある。

気温は低く、吐く息も白い。

幸いにして雪はなく、地形の起伏も小さく、なだらかだ。移動はそう大変ではないだろう。

予定通り、アルーチェには一日で到達できるはずだ。

とはいえ、空にはお月さま。空が近いせいか星空が広がり、俺たちを煌々《こうこう》と照らしてくれている。

夜中は魔物も多く、道を見失いやすい。

ここで一晩野宿だ。

俺たちは昼間に狩っておいた山羊《やぎ》を食べることにした。

焚《た》き火を作り、土魔術で作った鍋でお湯を沸かし、出汁《だし》として山羊の骨を投入。

煮立ったら肉を入れ、持ってきた香辛料で味付け。山羊肉のスープだ。

こうした魔物の肉の調理の仕方は、昔ギースに教わったものだ。そんなギースと戦うことになるのだから、人生というものはわからない。

ともあれ、寒いので、箱を大陸の上へと移動させ、そこで身を寄せ合って寝ることにした。

周囲に薪《たきぎ》となるものはなかったが、念のためと思って一晩分の薪は持ってきたため、室内に焚き火を移動、箱に煙突を作り、室内を暖めつつ、寝ることにした。

俺たち大人は旅慣れしてるし、多少寒くてもいいんだけど、シルフィの体やジークのことがあるからね。ジークはほっぺたが真っ赤だったが、特に熱を出しているというわけでもなく、元気そうだ。

オルステッドの言う通り、体が丈夫なのだろう。

でも乳幼児は体調を崩しやすい。油断は禁物だ。

箱は頑丈とはいえ、唐突に平原の先から猪《いのしし》みたいな魔物が走ってきて、箱ごと崖の下に落とされたらかなわない。

ということで、交代で見張りを立てつつ、他の三人で寄り添って就寝。

女性陣とくっついて寝ることにより、ジークでもアルスでもないほうの息子も元気になってしまったが、頑張って我慢した。

ジークよ。君の弟か妹はしばらく生まれないぞ。

★　★　★

翌日、移動を開始した。

アルーチェの町は、現在地より北東にある。

現在位置からアルーチェまでは、だだっ広い平原が広がるだけで、目印となるものはほとんどない……ように見えるが、実はある。

かつてこの地に至り、そして天大陸を横断した英雄がいる。ラプラス戦役の時代、彼は魔大陸側からこの天大陸を登り、そこに隠されていた秘術を手に入れ、戦争の勝利に多大に貢献したという。

彼は自分が志半ばで死んだ時のために、自分が手に入れた秘術への道標を残したのだ。

……その英雄、ペルギウスっていうんですけどね。

道標は、木々が少なく雑草の丈も短いこの大陸で、よく目立った。朝になり、周囲を見渡すと「あ、あそこになんかある」と思う程度には。

近づいてみると、道標は柱であることがわかる。

恐らく土魔術で作ったもので、高さは一メートル半程度。太さは両手がちょうど回るぐらい。上の方は劣化したのか、ボロボロになってしまっている。

で、この柱なのだが、上から見ると円ではなく、雫《しずく》の形をしている。雫の先端、尖《とが》っているほうが、町のある方角を示しているのだ。

『ペルギウスの伝説』に、そう書いてあった。

あの本を読んだ者だけがわかる道標といえるだろう。さすが、ペルギウスが課した試練というだけあって、著作にヒントがいっぱいだ。……いや、あの本は別にペルギウス自身が書いたものじゃないとは思うけど。

この柱は、町の周囲にいくつも存在しており、適当に歩いていれば、いずれ見つかるようになっている。これをたどっていけば、いずれ町に到達できるはずだ。

移動を開始してから、数時間が経過した。

平原ではあるが、街道ではないということもあってか、魔物の数はそこそこ多かった。

種類としては主に三種類。

二千メートルほどの高さからいた翼を持つ山羊『ウイングゴート』に、四メートルほどの体長を持つイタチのような『ヘブンズマステラ』、二本足で走る巨大な猛禽類《もうきんるい》『ニズホッグオストリッチ』。

一年を通して寒いせいか、あまり両生類や虫系の魔物は見ない。

魔物の強さとしては、中央大陸北部と同程度だろうか。

アスラ王国やミリスほど弱くはなく、魔大陸やベガリット大陸ほど強くもない。

十数匹の群れを作っているのはウイングゴートぐらいで、ヘブンズマステラやニズホッグオストリッチは単体か、せいぜい二匹。

ランクをつけるとするなら、ウイングゴートでD級、ヘブンズマステラとニズホッグオストリッチがC級ってところか。

ただ、どいつも空を飛ぶので、中央大陸で出現したら、ランクは一つ上の設定がされるかもしれない。人は空を飛ぶ存在に、潜在的な苦手意識を持つものなのだ。

とはいえ、言うまでもないことだが、俺たちがその程度の魔物相手に後れを取ることはなかった。

ウイングゴートはエリスが前衛で注意を引き、ロキシーが上級魔術でまとめて薙《な》ぎ払うし、残り二種に関しては、エリスが一閃《いっせん》して終わりだ。

ジークやシルフィはおろか、俺にすら手が届くことはない。ウチの旦那は実に頼りになる。

もちろん、天大陸に生息する魔物はこれだけではないはずだから、油断は禁物だ。

今回の旅では入ることはないと思うが、森や山、あるいは迷宮なんかにはもっと強力な魔物がいることだろう。

特に天大陸の迷宮『地獄』には、世界でもトップクラスにヤバイ魔物が大量に生息し、さらに最深部付近にはビタという名の凶悪な粘族が住み着いているらしい。粘族といえば、図書迷宮にいた魔王が懐かしいが、オルステッド曰《いわ》く、あれよりヤバイ奴らしい。絶対に近づくまい。

ちなみにエリスには情報すら与えていない。言うと行きたがるだろうからね。

いや、エリスももう大人だ。ワガママお嬢様だった昔に比べて、大人しく、理知的になった。

行きたいとは思っても、行くとは言わないか。

「そういえば、天大陸には『地獄』っていう迷宮があるのよね」

「はい。危険なところだそうです。世界三大迷宮の一つですね」

「行ってみたいわね」

「そうですね。このメンバーなら、いいところまで行ける気がします。けど、ルディはあまり迷宮が好きではないですし、パウロさんが亡くなったのも迷宮ですから……」

「……わかってるわ」

と、エリスとロキシーが話しているが……今のは世間話だからノーカン。

ロキシーも、やんわりと制してくれたしね。

「シルフィは」

「ん?」

ふと振り返って、俺の背負子《しょいこ》に入っているジークを後ろからあやしていたシルフィに話を振ってみる。

「迷宮とかって、興味ないの?」

「……うーん。あんまりないかな。今は子供たちの方が大事だし」

手を伸ばし、ジークの頭を撫《な》でながら彼女はそう言った。

口調は軽い。やはり、少しはメンタルが回復してきたのかもしれない。

いや、こういう考え方はよくないな。

顔色を窺《うかが》うだけじゃダメだ。俺は彼女の信頼を取り戻さねばならんのだ。

かつて、パウロが浮気してリーリャを妊娠させた時、パウロはゼニスの信頼を取り戻すのに、そりゃもう時間がかかった。かつては、ゼニスがなぜそんなに長いこと怒っていたのか、なぜ許してあげないのか、わかっていなかった。

だが、今ならわかる。

それはパウロがゼニスの上《う》っ面《つら》の顔色ばかり窺い、ご機嫌取りに終始していたからだ。

つまり俺がやるべきは、シルフィの顔色を窺うことではない。信頼を取り戻そうと尽力すべきなのだ。一朝一夕では無理だろうから、時間をかけてでも、シルフィはもちろん、子供たちを愛しているということを行動で示さねばならない。

具体的に何をすれば、と考えると難しいんだが……。

ともあれ、気づいたことは一つずつ、積極的にやっていかなければならない。

そう思いつつ、俺たちは旅を続けた。

★★★

町が見えたのは、夕方のことだった。

「あれがアルーチェか」

「なんというか、素朴な町ですね」

ロキシーの言葉通り、平原の先に見えるのは、石と土と骨のようなものを組み合わせた家々と、それを囲む低めの柵だ。

この世界の町にしては珍しく、城壁が存在していない。魔物が空を飛ぶなら、城壁なんて意味を為《な》さないだろうから、これで正解なのだろう。

とはいえ、町を守る術《すべ》はなくていいのだろうか。

そう思って柵に近づいたところ、ふと、町に膜でも掛かっているかのような感覚を覚えた。

なんというか、ガラス越しに町を見ているような感覚だ。

「結界ですね。大きい……」

ロキシーの言葉で、町の防御手段について理解が追いついた。

そうだよな。なんの防御手段もないってことはないか。

「入れてもらえるのかな?」

「どうだろ。オルステッド様は何も言わなかったけど……」

シルフィの言葉にそう答えつつ、結界に近づいていく。

少なくとも、俺の知り合いに天族に詳しい者は多くない。

他の大陸でも、天族なんて見かけることはないし、彼らがどんな性格かもわからない。排他的なのか、それとも他種族に対して友好的なのか。

俺が見たことのある天族はシルヴァリルぐらいだが、そのシルヴァリルは、俺に対してあまり良い感情を持っていないのか、非常に厳しい印象を受ける。とはいえ、ザノバとか、ペルギウスの覚えの良い人々には、とても柔らかく接しているので、別に排他的ってわけでもないんだろう。

天族の特性ではなく、シルヴァリル個人の性格だ。

何にせよ、何も言われていないのだから、危険はないはずだ。いきなり襲ってきたりとかな。

というわけで結界の端、柵のある場所まで来てみた。

この世界の結界といえば、一定区間を障壁で覆うものを指す場合が多い。

とはいえ、天大陸の結界はまったく別物かもしれない。触った瞬間に電撃バリバリで黒焦げなんてこともありえ……。

「結構硬いわね……斬れるかしら……」

エリスがコンコンと叩《たた》いていた。

「ちょっとエリス！　ダメだよ！　いきなり触ったら！　電流とか流れてたらどうすんの!?」

「えっ!?　わ、わかってるわよ……」

エリスがビクッと身を震わせる。

危ないなぁ。知らないところに来て知らないものに触れるのは。

「じゃあどうするのよ」

「……どうしよう」

結界の外から声でも掛ければ、町に届くだろうか。

柵の中を見渡す限り、畑が広がっているだけだ。

……ていうか天族、畑なんて作るのか。いや作るか、翼は生えているけど人は人だもんな。

魔大陸の奥地に住む、テレパシーで会話する種族だって、畑は作っていた。

人の営みに、農業は必要なのだ。

それはさておき、どうやって入るべきか。

普通なら、柵をグルッと回って、入り口らしき場所を見つけるのだが、見たところ、柵に切れ目はない。道らしきものもなく、入り口がどこかわからない。

そもそも、翼を持っていて空を飛べる種族に、『柵に切れ目を作り入り口とする』なんて概念あるんだろうか。地面を歩かないなら、道だってできまい。

となれば、入り口となりうるところは空中にあるのか……？

空を飛ぶ手段までは用意していないな……うーむ、やはり、ここは結界を壊させてもらったほうがいいかもしれない。

もちろん、あとで修復するつもりだ。何にせよ、中に入らないと始まらないからな。

「よし、じゃあ壊すとするか」

「私がやるわ」

「いやここは俺の岩砲弾《ストーンキャノン》で……」

「あの」

ロキシーの声で顔を上げると、彼女は、結界の方を見ていた。

「誰か来ます」

見ると、町の方から鳥のようなものが飛んできていた。

遠目だが、結構大きいのがわかる。

人と同じぐらいのサイズ……ていうか、人だ。翼の生えた人だ。天族だ。

「結界を叩いたから警戒したのかな？」

シルフィの言葉。そうかもしれない。

結界の外とはいえ、町の周辺に魔物が出たら、駆除するのが一般的だ。

まぁ、ともあれ、どこでも第一印象は大事だ。

ここは、仕事で鍛えた俺の外面《そとづら》スキルを見せる時がきたな。

「……」

天族が無言で俺たちの前にバサリと音を立てて降り立つ。

三人。鳥の毛皮……というと少し変かもしれないが、そんな感じの貫頭衣《かんとうい》を着て、手には槍《やり》を持っている。珍しいな、スペルド族以外で槍を持っているのは。

彼らは俺たちを見て、怪訝《けげん》な顔をしていた。

人族が崖を登ってくるなんて、滅多にないだろうから、当然だ。

対するこちらは笑顔。ルーデウススマイルで迎撃だ。

「コホン。失礼、私、ルーデウス・グレイラットと申します。実はペルギウス様に赤子の洗礼を受けろと言われまして、ここに来ました。ペルギウス様のことはご存知ですか？」

「――・・・――」

人間語で話しかけたところ、わかんない言語が返ってきた。

俺はロキシーたちと顔を見合わせ、彼もまた残り二人と顔を見合わせる。

「天神語ですね。どうするんですか？」

そうか、天大陸の通用言語は天神語だったか。

やっべ、わかんない言語だ……。

と、昔の俺ならうろたえたところだろう。

だが、今の俺は龍神オルステッドの配下。この程度のことは想定済みである。

「大丈夫。用意してある」

人間語で話しかけたのは一種の礼儀だ。

意思疎通はできなくとも、会話する意思があると伝えることはできるというね。

向こうも、今の一瞬のやりとりだけでこちらに敵意がないことは気づいたはずだ。

「コホン」

咳払《せきばら》いを一つ。

想定済みとはいえ、天神語を習得している時間はなかった。

だから、今回はカンペを使う。俺は懐にしまってあった紙束を取り出し、あるページを開いて、それを彼らに見せた。

そこには、先ほど俺が言ったのと同じ言葉が、天神語で書いてある。

あとは彼らの識字能力に期待するばかりだが……。

「――――!!」

それを見た彼らの反応は劇的だった。

すぐに柵の手前にあった杭《くい》を引き抜くと、俺たちを歓迎するように、両手と翼を広げ、迎え入れてくれた。

こうして、俺たちは天大陸の町アルーチェへと到達した。

★
★
★

アルーチェの町は、思ったより素朴なところだった。

骨と石や土、藁《わら》などで作られた家屋。

建物も三階や四階建てのものが多い。特別に違うところを指摘するなら、階段が見当たらない。

空を飛べるから必要としていないのだろう。

天族の人たちは鳥の毛皮めいた上着を着て、農業に従事している。

違うところといえば、人々は翼を持ち、簡単な移動なら空を飛ぶということか。

実際、町に入ると人々が遠巻きに飛び回りつつ、俺たちのことを見ていた。

それ以外は、基本的にどこにでもある、僻地《へきち》の農村と一緒だ。

ブエナ村が近いだろうか。

もっとこうローマっぽい感じというか、天使とか天国っぽい感じを想像していたが……まぁ天族は翼の生えた人々ってだけだし、アルーチェも、天大陸の中では端の方にあるド田舎だろうから、こんなもんだよな。

宿屋もなく、人間語を話せる者もいない。

とはいえ、共通で理解できる単語はある。

『ペルギウス』だ。彼らはペルギウスに多大な恩があるのか、俺たちを歓迎してくれた。

寄合所のような場所に案内されると、しばらくして料理が運び込まれ、村長らしき人がにこにこしながら何かを話し、お酒が出てきた。

少し不思議なことがあるとすれば、住人たちがジークの足に触れたがった、ということだろうか。

最初こそは警戒したものの、歓迎してくれた村長がまずジークに触り、その後も次々と住人がやってきたため、特に拒絶することなく彼らを受け入れた。

ペルギウスの試練で来た赤子、ということで、何かご利益があると思われているのかもしれない。

普通なら、ちょっと怖いと思うところなのだろうが、悪意も感じられなかったため、素直に歓待を受け、その日は寄合所で寝ることとなった。


夜、ジークを寝かしつけた後、シルフィと少し話をした。

「なんか、普通だったね」

「そうだな。天大陸っていうから、もっと秘境っぽいところを想像してたけど、住んでる人は普通だったね。空飛んでる以外は」

「ボク、中央大陸から出たことないんだけど、他も普通なの？」

そう言われ、思い出すのは魔大陸の秘境。

ビエゴヤ地方の最北西端。そこに住んでいる人たちは、家の形とか、姿とか、会話方法とかは他と違うものの、それ以外の部分は大体一緒だった。

「まぁ、普通かな。地域ごとに常識は少しずつ違うけど……」

「ラノアとアスラでも常識は違うもんね……」

そういうと、シルフィは黙り込んでしまった。

何やら考え込むように、難しい顔をしている。とはいえ、落ち込んでいる様子はない。

「どうした？」

「誰も、ジークのこと、変な目で見なかったなって」

「ああ、そうだね」

天大陸の天族。

彼らはラプラス戦役に参加していない。

天大陸の立地ゆえ、ラプラスの侵攻から逃れることができた、唯一の種族だ。

当然、スペルド族への恐怖もない。だから村の戦士らしき人々は槍を持っているし、ジークやロキシーの髪色に対しても変に反応することがない。

オルステッドの話では、もっと昔……それこそ四千年以上前の第二次人魔大戦の頃は、彼らは魔族を嫌悪していたらしい。だが四千年以上前となれば、いかに長命の種といえど、世代交代は続いているし、そうした嫌悪感も薄れたのだろう。

……いや、あるいはペルギウスという単語を聞いて、露骨な態度を出さなかったという可能性もあるが。

「みんな、こうだといいのにな……」

シルフィは、そう言って、少し無理やりに見える笑みを浮かべた。

第四話「命名」

翌朝、村から出立する俺たちを、村人は快く送り出してくれた。

なぜか人数分のお弁当と、薬草と思《おぼ》しき葉っぱの束と、お守りらしき木彫りの人形もくれた。人形といっても、木の棒に天族のものと思われる羽がくっついているだけの簡素なものだ。きっとこの地に伝わる神様の像なんだろう。天神とか。

芸術性という意味ではお粗末だが、希少性という意味では、ザノバが鼻水垂らして喜ぶだろう。

「ありがとうございました」

お礼を言うと、言葉は通じなかったが、感謝は通じたようで、彼らは翼をたたみ、拳を胸の前でクロスさせるような姿勢で挨拶を返してくれた。


アルーチェの丘は、のどかなところだった。

なだらかな丘陵、吹く風は冷たいが、天気も見晴らしも良く、中腹には白い花畑もあった。

そのせいもあってか、ジークはすやすやと眠り、俺たちにもまた、眠気が襲いかかってきた。

「ふぁ……っと」

……もちろん、朝起きていきなり全員に睡魔など、ありえない話である。

なので、俺は予《あらかじ》め用意しておいた、キカラの実を皆に手渡すと、一気に飲み干した。

中腹に見える白い花畑。

そこで咲き乱れている花の花粉には、強い催眠作用がある。

そして、よくよく目を凝らすと、花畑に擬態するように、一匹の獣が身を潜めているのがわかる。

ヘブンズグライダーと呼ばれる魔物だ。

催眠作用のある白い花畑に潜み、近づいて眠ったものを襲う。

大きさは魔物の中でも比較的小さく、二メートルぐらいしかない。

その姿を端的に言い表すなら、毛の生えたトカゲといったところか。前腕にコウモリのような翼があり、尻尾には毒棘《どくきょく》が生えている。

魔物の中では慎重派で、眠っていない相手には決して手を出さないのが特徴だ。

臆病と言い換えてもいいな。

ジークはすやすやと眠っているが、ヘブンズグライダーが襲いかかってくることはなく、そのまま通過することができた。

白い花の催眠効果は一時間程度。

オルステッド曰《いわ》く、花畑で倒れれば一生目覚めることはないらしいが、早めにその場を離れれば特に後遺症もなく、問題ないらしい。

とはいえジークは生後一ヶ月。その場から離れた後、入念に解毒魔術を掛けておいた。

キカラの実は強い覚醒作用があり、眠気覚ましの薬として服用されるものだが、乳幼児に飲ませるのは危ないかもしれないからな。

「……！」

しばらく歩き、エリスの合図で腰を落とす。

見ると、丘の上に、巨大な鳥がいた。

二本の足でのしのしと歩いているその姿は、羽毛で覆われていなければ恐竜と見間違えてしまいそう。

大きさは十メートル近くはあるだろうか。でかい。

「大きいですね……」

「あいつは確かギガンティック・ジョー、だったたっけか」

この丘で最も強い魔物で、ランクでいえばＡ級。

天大陸の住人は、この魔物と出あうことを非常に恐れている。

町の近くに出没すれば、総出で退治をするか、小さい村では、村ごと引っ越す可能性さえあるらしい。旅人には、こいつと出あわないようにという願いを込めた護符をさずけるのだとか……。

あ、さっきのお守り、それか。

「あ、ルディ。見て」

シルフィの言葉で、魔物のいる場所の奥を見ると、そこには石造りの祠《ほこら》のようなものが見えた。

恐らく、あれが目的地だろう。

「どうするの？　戦うの？」

さて、どうしたものか。

今のところ、見つかってはいない。

なので迂回《うかい》をしてもいいが……奴の縄張りはこのあたりなのか、離れていく気配はない。

A級の魔物ともなれば、俺の岩砲弾《ストーンキャノン》を見てから回避する奴も出てくるから、戦うとなれば少し危険ではあるが……。

チラとエリスを見ると、頷《うなず》かれた。

わかったわと言わんばかりだが、俺はまだ何も言っておらんぞい。

まぁでも、倒すか。

今のところ、試練らしいことは何もしていないし、迂回して祠に行ったら失格って言われそうな気がする。

「エリスが注意をひきつけて、俺が足を止める、それと同時にシルフィとロキシーの二人で攻撃。一撃で仕留めきれるかわからないから、まずは翼を狙って。それでトドメを刺せそうなら、エリスがそのまま仕留めちゃって。逆に泥沼から抜け出してくるなら、エリスが時間を稼いで、俺が仕留める。オッケー？」

「わかったわ！」

言うと同時にエリスが飛び出す。

ずっと『待て』をされ続けた犬のように。

俺は残り二人に視線を配ると、ロキシーとシルフィも、エリスを両脇から援護するような立ち位置へと走り出していた。

こうして見ると、シルフィって足速いな。産後で体もまだ本調子じゃないだろうに……産後の体力低下って、治癒魔術で回復するんだろうか。

っと、魔物がエリスに気づいた。

「ガアアアアアア！」

「ゴオオオアアアァァァァァ‼」

エリスの雄叫《おたけ》びに、魔物もまた雄叫びを返す。

近くで聞くだけで鼓膜が破れそうになるほどの大音声、しかしエリスは臆《おく》さない。止まらない。

突進してくる魔物に対し突っ込んでいき、一瞬立ち止まってサイドステップ。

次の瞬間、エリスのいた場所に魔物のくちばしが叩《たた》き込まれる。翼を広げ、地面を蹴り、とんでもない速度で突っ込んできたのだ。

エリスは回避際《ぎわ》に一撃を放ったらしく、魔物の口元から鮮血が飛び散る。

即死に至らないのは、十分な姿勢ではないというのもあるが、大きすぎるし、首の位置が高すぎるからだろう。

予定通り、殴りやすい位置まで沈んでもらう必要がある。

「泥沼」

エリスの方に振り返るため腰を落とした魔物の足元が、泥沼と化した。

一瞬で足が地面に埋まり、翼をはためかせて逃れようとする。

だが、

「勇壮なる氷の剣を彼《か》の者に叩き落とせ！　『氷霜撃《アイシクルブレイク》』！」

「ソニックブラスト」

もがく翼を潰《つぶ》すように、二人の魔術が叩き込まれる。

泥沼から上がる術《すべ》を失い、しかしそれでも生を諦めず、あがく魔物。

そんな魔物の瞳に、一人の剣士が映る。

剣を大上段に構えた、赤い髪の剣士が。

「フッ！」

短い息と同時に、それは放たれる。

光の太刀。剣神流の奥義。人だけでなく、あらゆる存在を一撃で倒すべく生まれた、文字通りの必殺剣。

音はなかった。

エリスの剣は魔物の頭を縦に断ち割った。

魔物は白目を剥《む》き、ビクンと体を震わせた。

しかし、動きは止まらない。体を痙攣《けいれん》させながらも、水の出しすぎで暴れるホースのように首をあちこちに巡らせ、周囲を突きまくっている。

普通なら一撃だが、やはり大きすぎるのが問題か……。

「岩砲弾《ストーンキャノン》」

　最後に、俺の岩砲弾《ストーンキャノン》が魔物の頭蓋《とうがい》へと撃ち込まれた。

　岩砲弾《ストーンキャノン》はエリスのつけた傷から頭蓋の中へと潜り込み、脳を完膚なきまでに破壊しながら後頭部へと抜けた。脳と骨が魔物の後ろに飛び散り、パァンという音が響く。

　魔物は糸が切れたように力を失い、首が音を立てて沼の上に落ちた。

「……」

　エリスはしばらく様子を見ていたが、確実に絶命したのを確認したのか、こちらを振り返り、手を振ってきた。

　ロキシーもまた、オッケーです、って感じで杖《つえ》を上げている。

　シルフィは、これほど大きな魔物を見たことがないのか、興味深げに魔物の方を見ている。

　よし、うまいことといったな。

　無傷で、一方的に攻撃を仕掛け、勝利する。

　魔大陸を旅していた時は、ここまでうまくはいかなかった。

　俺もエリスも、強くなったものだ。

「んあー、あー！」

　と、ジークが眠りから覚めたのか、俺の背中でぐずり始めた。

　おー、ごめんな、お腹減ったか？　あるいはパパの背中が嫌とか？　寒いとか？

だとしたらごめんな、もうすぐお家《うち》帰れるからな〜。

「ウッ……！」

そこで、俺は気づいた。

自分の顔色が変わったのがわかる。

そして、俺の方に近づいてきていたエリスたちも、俺の様子の変化がわかったらしい。

表情を険しくして、先ほど倒した魔物の方を見る。

魔物は、先ほどと同じように泥沼の中で息絶えている。

ピクリとも動く気配はない。

「あ」

シルフィが気づいた。

そう、俺の足元だ。

そこには……湯気の立つ水溜《みずた》まりができていた。ついでに、俺の背中からも湯気が立っていることだろう。

背中が生温かい。

「あー、やられてしまいましたね」

ロキシーの言葉で、皆の緊張が解ける。

そう、ジーク氏が、俺の背中でやっちまったのだ。

「ふっ、まさか、自分の子供に背中からやられるとは……な……油断した……ぜ……シルフィ……

家に帰ったら、ルーシーたちに……愛してるって……伝えてくれ……お前たちの成長が、楽しみだって……これからは、兄弟姉妹で助け合って生きていくんだ……父さんは草場の陰からじいちゃんと一緒に縁側で茶菓子でも食いながら……」

「ルディ、変なこと言ってないでジーク下ろして、ローブも魔導鎧《マジックアーマー》も脱いで！　洗わないと臭《にお》ってくるよ！」

「はーい」

最後はしまらなかったが、ともあれ、祠は目の前。

俺たちは目的地へと到着したのだった。

★
★
★

それは祠というには少々、小さく見えた。

高さは一メートルちょっと、幅は二メートルほど。

両開きの石扉は、人が一人通れるぐらいに手前に向かって半開きになっている。

扉には、見覚えのある紋章があった。最近、俺もよく身につけるようになったその紋章は、遠目に見るとドラゴンのように見えるもの。

龍族の紋章。

つまりここは、龍族の遺跡だ。

遺跡の横には、何やら祭壇のようなものが見えるが、こちらは苔《こけ》むして朽ちている。

もしかすると、何かしらの魔術装置だったのかもしれない。遺跡の姿を隠す的な。しかし、よく見る転移遺跡とは、少々趣《おもむ》きが違うようだ。もしかすると昔、ここに現地住民が定期的にやってきて、お参りとかしていたのかもしれない。

さて、違うのは祭壇だけではない。祠自体も、転移遺跡との違いが少々見て取れた。

俺の知る転移遺跡といえば、地下室のある平屋という感じだが、半開きの扉から見える中にあるのは、階段だ。

下へと続く階段が、暗がりへと続いているのだ。

試しに入り口を篭手《こて》で叩いてみると、音が深くまで響いた。

かなり下まで降りているらしい。

ふーむ、ここで洗礼を受けろということだが……。

こんなところに人なんか住んでいるのだろうか。

外にはこのあたりの人間でも手を焼く魔物が闊歩《かっぽ》していたというのに。

「ごめんくださーい」

呼びかけてみるも、返事はない。

後ろを振り返り、「祠ってここだよね?」という視線を皆に送ってみるも、

「早く入りなさいよ」

帰ってきたのは、エリスのせっつく言葉のみ。

まぁ、とりあえず入ってみるか。違ってたら、また探せばいい。

「お邪魔しまーす」

一応、そう一言断ってから、中へと足を踏み入れる。

魔導鎧《マジックアーマー》のソケットに装備した灯火《ともしび》の精霊のスクロールを取り出し、階段を照らす。

基本的に使われていないのか、階段にはうっすらと砂埃《すなぼこり》が溜まっている。

しかし、定期的に掃除をしているのか、苔などは生えていなかった。生活感はないにしろ、人の手が入った痕跡は至るところに見受けられた。

一歩ずつ、確かめるように階段を降りていく。

俺のすぐ後ろには、エリス、ロキシー、シルフィの順で続いている。

俺はジークを背負っていることだし、エリスに先頭を任せたほうがよかったかもしれない。

なんて考えたところで、階段が終わった。

目の前には、やはり内側から半開きになった扉があった。

これまた、人が一人通れる程度の隙間《すきま》しかない。

しかし、その隙間からは、うっすらと光が漏れている。人がいるのか、あるいは発光で獲物をおびき寄せる魔物でもいるのか……。

さすがにちょっと怖いな……よし。

「偵察してくる」

俺はそう宣言し、ジークをシルフィに預けた。

「私も行くわ」

エリスの言葉に頷き、二人で扉を抜けた。


扉の先には、広い空間が広がっていた。

太い柱に支えられた広場、といった感じだろうか。

なんとなく、神聖な雰囲気を感じる。なんとなくだが、今までの龍族の遺跡より、ペルギウスの空中城塞《じょうさい》に似ているような気もする。

柱の太さや並び方なんかが、ペルギウスの空中城塞の謁見《えっけん》の間によく似ているのだ。

やはりペルギウス由来の地なのだろうか。

壁には燭台《しょくだい》が設置されており、淡い光を放っている。

だが、漏れ出ていた光はそれだけではない。

部屋の奥に泉のようなものがあり、その泉から放たれる青白い光が、部屋全体を明るくしていた。

あの泉に近づくと、魔物が襲いかかってくる感じなのだろうか……。それとも、あの泉を調べると、ＨＰとＭＰが全回復する感じなのだろうか……。

とりあえず、泉の横には、さらに奥へと続く通路がある。

この部屋に危険はなさそうだし、シルフィとロキシーを呼び寄せ、そちらに入ってみるか……。

そう思っていると、コツコツという音が聞こえ始めた。

足音だ。それも、複数。

足音は泉の脇にある、奥に続く通路から聞こえているようだった。

背後の扉を守るように身構えると、エリスが前に一歩出て、剣を構えた。

ひとまず会話が通じるといいが……。

やばそうな相手だったら、一旦《いったん》逃げるのもありだ。

と、足音の主が姿を現した。

ひと目見た瞬間、ヤバイ相手だとわかった。同時に、会話が通じない相手ではないということもわかった。

その人物は、仮面をつけた人物を三人引き連れていた。

シルヴァリルとアルマンフィ、そしてナナホシ。

「随分と早い到着だな、ルーデウス・グレイラット」

現れたのは……ペルギウスだった。

「ギガンティック・ジョーが出没していると聞いてはいたが……やはり、貴様にはこの程度、試練にもならぬか」

なんだろう、ドッキリなのだろうか。

試練と言われて来てみたら、仕掛け人が現れてドッキリ大成功、みたいな。

「……えっと？」

「何をしている、さっさと赤子を連れてこちらに来い」

困惑する俺に対し、ペルギウスは当然といった声音でそう言った。

泉の脇に、待ち構えるように立っている。

どういうことなのだろうか。

ひとまず、戦う感じではなさそうだ。

精霊の一員みたいにしてナナホシもいることだしね。戦うつもりでナナホシは連れてくるまい。

いや、逆か？　戦うつもりでナナホシを連れてきたのか？　俺が手出しできないと見込んで？

いやまさか、さすがにね。偉大なるペルギウス様がね、そのような卑劣で矮小《わいしょう》な手くだをね、なさろうはずも、ねぇ？

ひとまず、シルフィとロキシーを部屋の中へと引き入れる。

ロキシーが入ってきた瞬間、ペルギウスが一瞬、眉をひそめた。

「……ペルギウス様。魔族が」

シルヴァリルが険しい声を上げる。

でも、許してほしいところだ。ここは空中城塞ではないのだから。

「まぁ、よかろう」

さすが寛大。略してさす寛。

さて、目の前には大の大人が一人入れそうな、泉がある。

泉というか、近づいてみると楕円形《だえんけい》をした石造りの浴槽のような感じだ。

浴槽の底には魔法陣が刻まれているようで、それが光の発生源だ。水の中で乱反射し、この部屋全体を明るく照らしているのだ。

ナイトプールみたいで幻想的であるが、これが何らかの魔道具であることは明白だ。

とはいえ、この魔道具は完全ではないらしい。浴槽の奥にも、魔法陣の刻まれた石があったが、そちらは光っていない。

浴槽の周囲に、何かをはめ込むらしいくぼみがあるものの、そこには何も入っていない。

恐らく、必要なパーツが足りないのだろう。

「……これは」

「洗礼の祭壇にございます」

なるほど、洗礼の祭壇。つまり、ここで洗礼を行うということか。

と、そう答えたシルヴァリルが動いた。

シルフィの前へと。

「赤子を」

シルヴァリルがそう言って、両手を差し出してくる。

シルフィはビクリと身を震わせ、その手と、俺の方を交互に見た。

「もしや、ペルギウス様が自ら洗礼を？」

冗談交じりでそう聞いてみると、

「そうだ。不服か？」

そんな言葉が返ってきた。

「いいえ！　滅相《めっそう》もない」

つまりペルギウスは、ここで洗礼をするために俺たちを来させ、自分も頃合いを見てここに来たってことか……？

ともあれ、ここには他の精霊もいない。ジークをどうにかしたければ空中城塞の方がやりやすかっただろうから、いきなりジークが縊《くび》り殺されたり、水の中に沈められるってことはなさそうか。

まぁ、空中城塞でやり合うと物が壊れるから、屋上ならぬ天大陸におびき出したって可能性もありうるが……。

いや、ペルギウスには今まで世話になってきたのだ。

ここは彼を信じてみよう。

「シルフィ」

そう思い、シルフィに目配せする。

シルフィは一瞬だけ息を呑んだが、何かを決心するように深呼吸し、ジークをシルヴァリルへと手渡した。

シルヴァリルは、ジークを優しく、両手と翼で包み込むように抱いて、ペルギウスの前まで歩くと、膝をついた。

そして、恭しくジークをペルギウスへと差し出す。

ペルギウスはというと、祭壇に腰掛け、差し出された赤子をまじまじと見る。

「ふむ……緑の髪に、やや尖《とが》った耳。閃光《せんこう》のような目、だが優しい印象も受ける、良い子だな」

俺もそう思いますが……。

なんかドキドキするな。この洗礼の結果によっては、ジークがラプラスだと判明し、その場で殺されたりするんだろうか。うぅ、信用しないわけじゃないが怖いな……予見眼だけは開いておくか。

予見眼に映ったのは、ペルギウスが片手で水をすくい上げるシーンであった。

そして、それは一秒後に現実となる。

ペルギウスは片手ですくい上げた水を、もう片方の手で挟むように持ち、握り潰した。

両手を拳にし、それを己の肩に押し付けるようなポーズを取る。

数秒ほどその姿勢で静止し、ゆっくりと手を開き、ジークの頬《ほお》に触れた。


「我、甲龍王ペルギウスの名において、人の卵たる赤子に恵みを授けん」

「我が手によって洗礼し、我が名において命名せん」

「健やかに殻を破り、強く、賢く、そして優しく育つよう命名す、此《こ》れなる赤子の名は……『サラディン』」


ペルギウスの手が、というより、ペルギウスの手を濡《ぬ》らしていた水が、ほんのりと黄色く光った。

水はしばらく発光していたが、やがて消えた。

ペルギウスはそれを確認すると、赤子を持ち上げ、シルヴァリルへと渡す。

シルヴァリルは赤子を恭しく受け取り、優しく抱いて立ち上がる。

そしてゆっくりと、シルフィのところへと戻ってきて、ジークを差し出した。

シルフィは、ややポカンとした顔で、ジークを受け取った。

なんとなく、覗《のぞ》き込むようにジークの顔を見てみたが、特に変化はないようだ。生後一ヶ月らしい、ほやっとした顔で、俺とシルフィを見ている。髪も緑のまま。

どういうことだ？

「……えっと？」

「ふん」

ペルギウスは鼻息を一つつくと、立ち上がり、ゆっくりとこちらに歩いてきた。

そして俺の前まで来て、言った。衝撃的な一言を。

「貴様が何を勘違いしていたのかはわからんが、その赤子がラプラスでないことなど、すでに見抜いている」

五秒ほど、言ってる意味が理解できなかった。

「…………あ、そうなんですか？」

「アルマンフィは我が眼《まなこ》。我《われ》がラプラスを見間違えるはずもなし。緑の髪の色合いはラプラスのものとは大きく違う。目の色も違う。魔力も大したことがない。そして、あの忌々《いまいま》しき呪いもない……心の奥底が震えるような、あの呪いがな」

てことは、あの出産の場面にいた時から、すでにラプラスじゃないってわかってたってことか？

「貴様があまりにも気にするがゆえ、この祠へ来させた。この水は、特定の者が触れれば、色が変化するようになっている。ラプラスであれば……赤く光る」

「……黄色く変化はしていましたが」

「神子《みこ》とまでは言わぬが……ラプラスの因子は強く持っている。体が丈夫であったり、妙に力が強かったりはしなかったか？」

「ありました」

なるほど、やけに力が強いとは思ったが……そういうことか。体が丈夫なのも、いいことだ。

ともあれ、ラプラスじゃないのか。ほっとした……。

でも待てよ、ということは、

「つまり、全然関係ないけど、アルマンフィは出産の現場に乱入してきたってことですか？」

「それについては、謝罪しよう。偶然にも、悪いタイミングで呼び出しをしてしまったようだ。もっとも、貴様の子供がラプラスだったのであれば、最高のタイミングではあったやもしれんがな」

えー。それならそう言ってくれよ。なんだよそれ。えー。

「じゃあ、何のためにここまで来たんですか……」

「洗礼のためだ。古くアスラ王国には、命名を頼まれた立場ある者は、己の生まれた地で赤子に洗礼を与え命名するという慣習があった。そして生みの親は、生後間もない赤子を連れて旅をする……すでに、忘れ去られた風習ではあるがな」

「……命名？」

「何を呆《ほう》けた顔をしている。かつて、約束したではないか。息子を連れてくれば名をつけてやる、と。以後、その赤子は『サラディン』と呼ぶがよい」

そんな約束したたっけ？

いや、でも、したような気がする。連れてこいって言った時に、確かにそんなことも言ってた気がする。なんていうか、冗談の一種みたいに受け止めていたけど。

「でも、その、この子……」

「礼はいい、我からのささやかな贈り物だ」

ペルギウスは一方的にそう言って、立ち上がった。

いやね、一応、この子にはジークハルトという、立派な名があるんですが。

……どうしよう。

もう、断れない雰囲気だ。

いや、いいか。ジークハルト・サラディン・グレイラット。

語呂はそんなに悪くないし、強そうだ。ペルギウスからもらった名前だと言えば、箔《はく》もつく。

うん、悪くない。悪くないっていえば、悪くない。そんな気がしてきた。

こうして、ジークは新たな名前を得て、俺たちの洗礼の旅は終わりを迎えたのだった。

★　★　★

でも、話はまだ終わっちゃいない。

転移魔法陣で空中城塞へと帰り、さぁようやく帰宅だと胸をなでおろしたところ、ペルギウスからもう一度玉座の間に来るように命令を受けた。

魔族であるロキシーは滞在を許されないため帰宅。

シルフィも帰そうかと思ったが、彼女は思うところがあったのか、俺に同行した。

ちなみに、エリスは当然のように俺の後ろで腕を組んで立っている。

そして、目の前には十二の精霊とペルギウス。

「さて、では随分迂遠《うえん》になってしまったが、本題に入るか」

ペルギウスは空中城塞の玉座にどっしりと座り直すと、そう言った。

本題？ 本題ってなんだっけか。

あ、そっか。ペルギウスの用件が子供だけじゃないってことは。別の用事があって、俺を呼び出したってことか。

「ルーデウス・グレイラット」

先ほどとは打って変わった厳しい視線で、俺を見下ろしてくる。

なんだろう。何をしたんだろう。

「貴様、アトーフェと盟約を結んだな」

あ。そっちか……。

ペルギウスとアトーフェは、仲が悪かった。

アトーフェに声を掛ける前に、ペルギウスに一言言っといたほうがよかったか……。

「ラプラスと戦おうというにもかかわらず、あのような女に先に声を掛けるなど……なぜ、我に声を掛けん」

「それは、その……」

「が、それはよい。先ほど貴様の信念を聞いて、溜飲《りゅういん》が下がった。捨て置こう。元々、我は一人でラプラスと戦うつもりであったからな」

いいのか。

「ゆえに、用件は一つだ」

ペルギウスが顎《あご》をしゃくると、一人の少女が前に出てくる。

白い仮面をつけた、十六歳ぐらいの少女だ。

いつしか、俺よりも、シルフィよりも、ずっと若くなってしまった少女。

ナナホシ・シズカ。十二の配下の中にしれっと混ざっていた彼女は、前に出てくると、仮面を外した。

そして、神妙な顔で、言った。

「帰還用の魔法陣が、完成しました」

「そうか、ついにか」

返事をしたのは俺の背後、いつの間にか現れたオルステッドだ。

ナナホシはオルステッドを見て、拳を胸の前で握りしめた。

「はい。オルステッド。ついに……まだ、完璧ではないかもしれませんが」

「やったな」

オルステッドの言葉は、温かかった。

気安い言葉だが、だからこそ、オルステッドの心がこもっている感じがした。

「はい……はい！」

ナナホシの声は上ずっていた。

あふれ出ようとしている涙に顔を歪《ゆが》め、やや上を向いて、あふれる涙を抑えていた。

俺も釣られて泣きそうになってしまう。

帰還用の転移魔法陣。

ナナホシが渇望していたもの。彼女がこの世界に来てから十数年、彼女はこのためだけに生きてきた。激しいホームシックに見まわれながら、家に帰ることだけを目指して。

発想から仮説、却下からまた発想。

そして理論ができた後は技術の練磨《れんま》をしながら、実験に次ぐ実験を繰り返した。

彼女がペルギウスのところで修行を始めてから、もう五年近く経過している。長い時間だ。

それが、ついに、完成したのか……。

「ルーデウス。忙しいところ、呼び出して悪かったわね」

「いえ、俺の方こそ、何日も待たせてしまって、申し訳ないというか、なんというか……」

呼び出しは、ナナホシからだったのか。

そしてナナホシは、そんな、待望の魔法陣を完成させたというのに、文句一つ言わずに待ってくれたというのか……。

「いいのよ。それより、その、お子さん、おめでとう」

「ありがとうございます」

「なんか、驚いたわ……ちゃんと考えてるのね、いろいろと……」

ちゃんと……か。

それはどうだろうな。

俺のことだから、考えの至らないところばかりな気がする。

「最後の実験、かなりの魔力を必要とするの。あなたにもやるべきことは多いでしょうけど、力を貸してください」

ナナホシはそう言って頭を下げた。

その瞳には力があった。

最後の一歩。ゴールが見えた者の顔だ。

「もちろんです」

「もしかすると、一ヶ月か二ヶ月はかかるけど、大丈夫？」

「……大丈夫」

一ヶ月か。

断る理由はあるが、断る道理はない。ギースを倒すまで待ってほしい、と言いたい気持ちはあるが、口に出すほど嫌な奴ではない。もうナナホシには、十分に待ってもらったのだから。

「ありがとうございます」

ナナホシはそう言って、また頭を下げた。

そして、ふと、シルフィの方を見た。

未《いま》だ、不安そうな顔をした彼女。

ナナホシはそちらにトトッと走り、何かを耳打ちした。

シルフィはビクッと身を震わせた後、驚いた顔でナナホシを見た。

ナナホシは頷き、シルフィは俺の方をチラリと見て、頷いた。

「じゃあ、これから魔法陣のところに移動します」

何を話したのかはわからないが、ナナホシはそう宣言した。

★シルフィエット視点★

正直、周りがあまり見えていなかったんだと思う。

自分一人で悩んで、自分一人でなんとかしなくちゃと思い込んで、できる気がしなくて……。

でも、よくよく考えてみれば、ボクはもう一人じゃなかった。

頼れる家族は大勢いる。ルディも、冗談交じりではあったかもしれないけど、「兄弟姉妹で助け合って生きていくんだ」って言ってた。ボクには、兄弟姉妹はいなかったけど、ジークにはいる。ルーシーだって、最近は頼れるお姉ちゃんになるんだって頑張ろうとしてる。まだまだ頼れるとは言えないけど、ルディの子供なんだから、きっと成長すれば、信頼できる子になるだろう。ボクの血が半分入ってるのは、ちょっと不安だけど……。

アルスやララだって、いずれは大きくなる。ジークだって一人じゃないんだ。

それに、家族だけじゃない。

ナナホシが言ってくれた。

なにか悩んでるんだったら、相談に乗るけど、って。

ナナホシにそんなこと言われるとは思ってなくて、ちょっとビックリしちゃった。

でも、多分アリエル様とかルークとか、ザノバとか、クリフだって、ボクが相談すれば、真剣に聞いてくれるんだと思う。

ボクは、髪の色が変わって、ズルしたって思ってたけど、アリエル様とかルークとかとは、きっと髪の色が緑だったら、あそこまで仲の良い関係になれなかったって、心のどこかで思ってたけど、でもきっと、そんなことはなくて、ルディがそうだったみたいに、皆、ボクと仲良くしてくれたんだろうなって、今は思う。

そりゃあ、最初はもっと戸惑ったかもしれない。緑の髪だ、魔族だ、スペルド族だって騒がれたりはしたかもしれない。けど、最後はきっと今みたいな関係になっていたんじゃないかなって、そう思えるから。

だからきっと、ジークにもそういう友達が出来るんじゃないかなって思う。

ボクがルディにいろんなことを教えてもらって、そういった友達を作っていったように。

髪の色なんかで差別しない、いい友達が出来るんだろうって思う。

だからボクも、悩んだり悲しんだりばかりしてないで、そういったことをジークに教えてあげるべきなんだ。

そう思った時、ふと、目の前を歩くルディの背中が見えた。

「……」

なんとなく、彼の服の裾を掴《つか》んでみる。

ルディが振り返る。いつも通りの優しそうな、でもちょっとだけ申し訳なさそうで、不安そうな顔。ボクがさせちゃってる顔。

「ルディ」

名前を呼ぶと、彼は無言で、周囲に先に行ってるように目で合図した。

皆が行って、二人きりになった後、ルディはボクの肩に手を回し、そっと抱きしめてくれた。

ジークを潰さないように、そっと、優しく。ルディの細身だけどたくましい体に包まれる。鎧《よろい》を着ているから、ちょっとゴツッとしてるけど、安心する。

「ルディ……なんか、ごめんね。ちょっと、不安になっちゃってたみたい。緑の髪を見て、昔のこと、思い出して、これからのこと、考えて。この子、誰にも祝福されてないんじゃないかなって思っちゃって……」

「仕方ないよ。誰だって、不安になる。俺も名前考えるの、忘れちゃってたし」

「うん……それに加えて、最近、ロキシーとエリスばっかり一緒に旅に出てたでしょ？　だから、子供、ボク一人で守らないといけないんじゃないかって……」

「そんなことはない！」

強い否定に、ちょっと驚いたけど、でもそうだよね。ルディはそう言ってくれるよね。

「うん。知ってる。知ってたんだけど、忘れてた。ごめん」

「あ、いや、謝らなくてもいいんだけど……」

「ちょっと、弱くなってたんだ」

ジークの頭を撫《な》でる。先ほどから、ジークは眠ってる。いつから寝てしまったのだろうか。

今回の旅で、ジークは思ったより、なんていうか、か弱くはないなって思えた。

力が強いとか体が丈夫とかじゃなくて、なんとなく、強そうだなって思った。

「でも、もう大丈夫。なんかね、旅のルディ見てたら、安心できたよ。ルディは、ちゃんと守ってくれるって」

ルディは苦笑した。俺のどこに安心要素があったのかって顔をしてる。

でも、ルディは自然体だった。ジークの髪が緑だからって、取り乱したりはしなかったし、ペルギウス様にも勇気を持って立ち向かおうとしてくれた。

もし、他の子が似たような状況に陥っても、彼はそうするんだろう。

「その……シルフィエットさんや」

ルディは時折、こうしてボクの名前をさん付けする。こういう時は大体二パターンで、何かエッチなお願いをする時か、もしくは何か謝罪をしたい時だ。

「なぁに、ルーデウスさん？」

「子供の名前考えるの忘れたとか、怒ってくれても、いいんだよ？」

「えぇ……でも、別に怒ってないしなぁ……どっちかというと、失望と不安が勝《まさ》ったというか」

なんとなく気恥ずかしくなってそう言う。

ルディが名前を考え忘れたって聞いて、この子はルディにも誰にも愛されないいんじゃないかって、勝手にそう思い込んじゃっただけなんだ。

……と、ルディは、真っ青になってた。

思ったより、ボクの言葉にショックを受けたみたい……あ、でもそうか。そうだよね。怒らず、ただ失望されるって、そっちの方が辛《つら》いか。

「……あ、そっか、だから怒ったほうがいいのか。そうだね、次からは怒るよ。ボクのことも子供のことも、忘れたらダメだからね！」

「はい」

ルディは神妙な顔で頷いた。

こういう時のルディって、可愛《かわい》いなぁ。昔、ボクのことを男だと思って、脱がされた時もこんな感じだった気がする。……うぅ、なんか思い出すと恥ずかしいな。子供の頃だし、もうお互いの裸なんて見慣れたはずなのに……。

「じゃあ、行こっか。ナナホシ、手伝ってあげないとね」

「ああ……そういえば、最後、ナナホシはなんて？」

大したことじゃない。相談に乗るよ、なんて、本当によくある言葉だ。

「ナイショだよ」

でも、ボクはそう言った。なんとなく、ナナホシがルディじゃなくて、ボクに耳打ちしてくれたのが嬉《うれ》しくて。

ボクが笑うと、ルディも笑みを返してくれた。

「ねぇルディ」

それがまた嬉しくて、ボクは言った。

「今回は、ボクがこんなだったから、みんなに心配かけちゃってたけど、今度、子供たちも大きくなって、ルディの方も落ち着いたら……っていうと、ずっと先の話になっちゃうけど、また皆で旅とかしようね」

そう言うと、

「うん」

ルディは力強く頷いてくれた。

ボクたちはしばらく二人で見つめ合っていた。なんとなく、目を閉じてみると、ルディはそっとキスをしてくれた。

目を開くと、なんかちょっと気恥ずかしくて、でも嬉しくて、口元が緩んでしまう。

「行こうか」

「うん」

ルディの言葉に頷いて、皆のあとを追いかけ、歩き出す。

ルディと並んで。

第五話「異世界転移魔法装置」

空中城塞《じょうさい》、地下十五階。

階段を降りてすぐにある、広いエントランスホールに、その魔法陣はあった。

転移魔法陣。

しかし、その形状は、俺の記憶にあるものとは、似ても似つかない。

その上、素晴らしくでかい。

直径にして五十メートル、高さ一メートルはあるだろうか。

四方一メートル、高さ十センチほどの石版が十枚ずつ積み重ねられ、さらに縦横に五十枚ずつ並べられているようだ。

さらに、魔法陣の上に、巨大なアーチがかかっている。

そのアーチの内側にも、びっしりと文様が刻まれているところを見ると、あれも魔法陣の一部なのだろう。

極めて立体的な魔法陣……いや、魔法装置とでもいうべきか。

「……これは、クリフ殿が悔しがりそうですな」

魔法陣ということで、改めて連れてきたザノバがそう言った。

その魔法装置は圧倒的に巨大なだけでなく、精緻で、緻密に描かれている。

少なくとも、俺やザノバでは描くことは叶《かな》うまい。

最近、魔法陣についてあれこれと研究しているロキシーでも、難しいだろう。

クリフならあるいは……しかし、クリフとてこれほどの魔法陣を描いた経験はあるまい。

「素晴らしい出来だろう」

ペルギウスが、己の手柄であるかのように胸を張った。

しかし、その気持ちもわかる。己の弟子がこれほどまでの作品を作ったのであれば、転移魔術を教えていた身として鼻が高くなるのは当然だ。

ペルギウス本人も製作に関わっているのだろうしね。

「どうだ、オルステッド」

「これほどとはな……驚いた」

いつの間に来たのか、オルステッドもまた、その魔法装置を見て感心していた。

二万五千枚の石版による、立体的な魔法陣。

いくらオルステッドといえども、見たことはないか。

狂龍王とやらが残した自動人形も、パーツ数はせいぜい五十程度で、一つ一つのパーツもさほど大きくはなかった。

ナナホシはどれだけ大きくなっても構わない、とばかりに大きくした魔法陣を組んだのだろう。

「だろう。見ろ、あのアーチを」

「あれも、一部か？　つながってはいないようだが」

「いいや、違う。あれは成功を確かめるための装置だ。転移魔法陣は、使用後に魔力の残滓《ざんし》が残ることは知っているな」

「ああ」

「それは、転移魔法陣の種類によって変わる。それを測定することで、異世界転移に成功したのかどうかを判定するのだ」

「そんなことができるのか」

「ふふふ、博識な貴様にものを教える日が来るとは思わなんだぞ」

「……いや、そんなことはない、俺はお前から、いろいろと学ばせてもらった……いろいろと、な」

「ふん。お為《ため》ごかしを。出会った時から全てを知ったような顔をしていたくせに」

ペルギウスとオルステッドが仲良さそうに話している。

オルステッドの鼻をあかしてやったぜ、って感じのペルギウスに対し、オルステッドの声音は懐かしそうなものだ。

少し、辛《つら》そうでもある。

「ルーデウス」

ナナホシが振り返り、俺のところにやってきた。

「ひとまず、簡単なものから送ってみるわ。そこから、転移魔法陣特有の魔力の残滓を見て、成功判別魔法陣を異世界転移用に調整する。それに成功したら、次は生物を、最終的には私を。いい？」

「いいけど、転移事件が起きるとかは、勘弁ですよ？」

「大丈夫。そこは、大丈夫」

ナナホシは、繰り返し、大丈夫と口にした。

逆に不安だ。

一応、詳しいレポートは先ほど手渡されたが、量が膨大すぎて、目を通しきれていない。

だが、ナナホシはここまでに、転移事件を起こさないための実験を繰り返してきた。

俺だって、シルフィだって、それを手伝った。

「自信はあるのか？」

「あります」

なら、信じてやろう。自信はあるらしいしな。

「じゃ、やろうか」

「はい。じゃあ、まずは林檎《りんご》から……」

ナナホシは、予《あらかじ》め用意しておいたのだろう。

部屋の隅に置いてあったカゴから、林檎を取り出した。

それを持って魔法装置へとよじ登り、とことこと歩いて魔法装置の真ん中へと置いた。

「ペルギウス様、お願いします」

「うむ」

ペルギウスが魔法陣の反対側へと移動する。

いや、ペルギウスだけではない。下僕たちがぞろぞろと動き、それぞれ等間隔に、魔法陣の周囲に並んでいく。

シルヴァリルだけが、アーチの根元へと移動した。

「ルーデウスはこっちに」

俺はナナホシの指示で、ペルギウスのちょうど反対側へと立つ。

そこには、ここに両手を置いてください、と言わんばかりの手形の枠が二つ描かれていた。

「合図をしたら、ここから魔力を流し込んで。ありったけ」

「了解」

言われ、手を置く。

なんか、ドキドキしてきたな。振り返り、シルフィの方を見てみると、彼女はほえーって感じで魔法陣を見つつ、ザノバとぼそぼそと話している。

彼女らも魔法陣についてはかじっているので、興味はあるのだろう。

エリスは会話には加わっていない。

いつものポーズで、なんか誇らしげにアーチを見上げている。単純にでかいものが好きなだけだろう。

その後ろにのっそりと佇《たたず》むオルステッドは……。

「ペルギウス様！　始めてください！」

「うむ」

と、いかん、集中しよう。

集中ったって、魔力を注ぐだけみたいだが、でも集中だ。

「……開始する」

ペルギウスと下僕たちが、一斉に魔法陣に触れた。

次の瞬間、魔法陣の縁が、ボウッと光りだす。

しかし、端の方だけだ。端の方の精緻な魔法陣が光を強くしていくが、中央付近は暗いまま。

失敗か？

「ルーデウス」

「はい」

言われ、両手から魔力を注ぎ込む。

瞬間。右手が魔法装置に貼り付いたかのような感覚に陥った。

凄《すさ》まじい勢いで魔力が吸われていくのがわかる。なぜか右手だけだ、左手からも魔力は吸われているが、右手に比べて弱い。

左手も強くすべきか？

と、思った瞬間、左手から吸われる魔力の量が爆発的に増えた。

代わりに、右手から吸われる量が減る。

右手、左手、右手、左手。

魔力を吸う力が交互に変化する。よくよく感じ取れば、指先や手のひらから吸われる魔力の量も、少しずつ違う。

だが、機械的ではない、人為的な何かを感じる。

その操作をしているのは……ペルギウスか。顔は見えないが、起動だけが仕事ではない、ということだ。

そして、その補助に下僕。起動だけして全自動ではなく、操作もする。やはり魔法装置か。

魔法陣は輝きを増していく。

青に、緑に、白にと色を変えつつ、部屋の中を圧倒的な光で満たしていく。

もはや、眩《まぶ》しくて何も見えないぐらいだ。

これが魔法陣の光量か。これほど光る魔法陣は見たことがない。

否《いな》。

一度だけ見た。これは、転移事件の……。

パッッ――。

音がした。光が消えた。

否、完全には消えていない。

アーチだ。アーチの光だけが、ボンヤリと周囲を照らしている。

そして、そのアーチの真下。

魔法陣の中央。林檎があった場所。

かつて林檎があった場所。

そこには、青白い何かが残っていた。

青白い、粒子のようなものだ。それはフワフワと周囲を漂い、ゆっくりと消えた。

「実験、成功です」

「……」

シルヴァリルの言葉に、誰も答えない。

彼女は返事を待たず、近くにあった紙に、何かを書き込んでいる。

「これから、魔力の残滓を分析し、異世界転移への確実性を高めます。ただ、この分析に関しては、すでにデータがありますので、そう時間がかかることではありません」

ナナホシの説明を聞きつつ、俺は魔法陣から手を離した。

「ルーデウス。大丈夫?」

聞かれ、俺は先ほどの魔力が吸われる感覚を思い出す。

たった一回。ほんの一分か二分の起動で、あの魔力消費。何回かやれば、すぐに枯渇するだろう。

「大丈夫だけど、何回もは無理だな」

「そう……お疲れ様です。基本的には、一日か二日に一回のペースでやっていくつもり。今日はゆっくり休んでください」

ナナホシはそう言って頭を下げて、ペルギウスの方へと走っていった。

研究チームと、あれこれと話をしながら、メモをとっている。今回の結果をレポートにまとめ、次の実験に活かすのだろう。

異世界への転移システム自体はできている。

あとは、あのアーチを完璧に仕上げ、先ほどの魔力の残滓と思《おぼ》しきものを解析しつつ、転移する物体をよりナナホシに近いものに変化させていく。

それに、あと一ヶ月かそこら。

ギースが動いている中、それだけの時間を取られるのは困りものだが……仕方ない。

ここは一つ、ペルギウスを仲間に入れようとして失敗した、ぐらいの心積もりで頑張るとしよう。


実験が始まり、二週間が経過した。

俺は家と空中城塞を行き来しながら、実験を続けている。

実験では相当な魔力を使っている。

それが一日で回復しきっているかどうかは微妙なところだ。実験のためにも、もしこのタイミングで誰かが襲ってきた場合に備えるためにも、極力、日常では魔力は使わずに過ごそう、と決めた。

そう決めると、あっという間に手持ち無沙汰になった。

いや、やることがないわけではない。

ザノバと人形販売の経営についての話をしたり、ロキシーと魔導鎧《マジックアーマー》の改良点について話をしたり、石版を使って、各地の協力者と情報交換をしたり、オルステッドと今後について結論のでない話をしたりと、暇な日は少ない。

だが、出歩いてばかりだったこの一年半と比べると、楽な感じはある。

通信石版から、各地の傭兵《ようへい》団や人形販売の状況に判断を求められる時もあるが、シャリーアには、意見を聞ける者も多く、俺自身がゼロから考える必要もない。

その上、移動に費やす時間は少ないし、寝る前になれば子供たちとも接することができる。

心が読めているというゼニスに一日の出来事を話してみたり、遊びに来たエリナリーゼ相手にクリフについて話してみたり、ララに言葉を教えるのを手伝ってみたり、ルーシーの勉強を見てやったり、アルスに泣かれたり、ジークのオムツを取り替えたり。

悩むことの少ない日々。

これが、年中無休で働いていたサラリーマンが久しぶりに長期休暇を取った時のような気分なのだろうか。

オルステッドが最近シャリーアからあまり動かない理由も、なんとなくわかる。

これで大丈夫なのかと思う時もあるが、人には休暇が必要だし、俺も来たるべき時に備えて、少し休むべきなのかもしれない。

これで、あとは深夜のベッドの楽しみがあれば最高なんだが、禁欲のルーデウスは目的を達するまでは我慢の子だ。

★★★

さて、そんなこんなで一ヶ月、実験はあっという間に終了した。

実験は実に順調だった。

実験が進むにつれて、異世界へと送られるものは果物から生物へと変化した。生物もどんどん大きくなり、その都度、魔法陣は何度も何度も調整を加えられた。

最終的にはナナホシのゆうに三倍はあろうかという大きさの馬が、異世界へと送られた。

アーチによる測定の結果。

馬は『異世界の海抜十メートルから三十メートル以内の陸地』に転送されたとわかった。

海抜十〜三十メートルの陸地。

それが、こちらから設定できる限界だ。

あの魔力の残滓から日本に飛んだかアメリカに飛んだかがわかるわけではない。

こちらの世界同士の転移魔法陣のパターンから異世界に適用できるのは、『陸に飛んだか海に飛んだか』、『陸の高さはどの程度か』といったものだ。

とはいえ、その設定なら、転移した瞬間に即死する確率はぐっと低くなるだろう。

異世界といっても、俺たちの知っている世界かどうかはわからない。

もちろん、向こうから、ペットボトルやらなんやらを召喚したため、可能性は高い。

だが、それでも確証はない。俺たちの知る世界によく似た別世界、っていう可能性もある。

仮に俺たちの世界だとしても、海抜十〜三十メートルの陸地という曖昧な設定なら、遠い異国の地に飛ばされる可能性が高い。

さらに、そこから徒歩での家路。大量の食料と水、防寒具、向こうで金銭に換えられそうなものを持って転移すれば、日本にたどり着ける可能性は十分にあるとはいえ……過酷な道だ。

だが、ナナホシは行くらしい。

彼女はすでに覚悟を決めている。

次は本番だ。ナナホシ本人を送る。

俺の魔力のことも考え、本番は三日後となった。

★　★　★

最後の実験が終わった日の二日後。

ナナホシが、俺の家に来た。

「最後に、あなたの家のお風呂に入りたい」

ということだが、あくまで建前だろう。

「なんだったら、お別れパーティでもしようか？」

「いえ、それはいいわ」

ナナホシはそう言いつつ、ウチの風呂場へと消えていった。

今は、風呂場にひとりきりだろう。

彼女の本音が何かはわからない。本番前に気持ちを切り替えたいのか、それとも、単にお別れを言いたいのか。

この世界の思い出として、俺と一晩過ごしたいのか、だとしたら今から風呂場に乱入し……いやこれはないな。禁欲のルーデウスの余りある色欲がもたらした妄想だ。実際にやったらシルフィがむくれてしまうだろう。去れ、マーラよ。

昨日、シャリーアに滞在している面々には別れの挨拶に行ったようだから、挨拶系だろう。

この世界で暮らす最後の晩に、ウチの家族への挨拶を選んでくれたのだ。

なら、俺にできるのは、アイシャとリーリャにこっそりと、いつもより豪勢な食事を頼んでおくぐらいだ。

主に芋系だな。

今日はノルンも帰ってくるようだし、ささやかながらも、温かく送り出してやろう。

「こら、待ちなさい」

「やーだー」

なんて考えつつ、シルフィと一緒にジークの面倒を見ていたら、ルーシーがリビングに飛び込んできた。

全裸だ。そのまま、俺の膝の上に飛び乗ってきた。

「パパ、助けて！」

これはどういうイベントだろうか。

全裸の女に助けを求められるなんて。いつからルーシーはこんな魔性の女になったんだ！

これを断れる奴は男じゃない。任せろ、龍神でも魔王でもぶん殴ってみせらぁ。

「ルーデウス！」

そこに現れたのは、赤い髪の魔神だ。

彼女もトップレスだった。いかんぞ、禁欲のルーデウスはそういうのに弱いのだ。急所に当たるのだ。これには勝てない。

「ルーデウス。ルーシーを捕まえて。お風呂嫌がるのよ。さっきまで、剣を教えて汗かいたから、入らないとって言ってるのに」

俺はルーシーを捕まえた。

ごめんねルーシー。でも、運動した後はお風呂に入らないとね。

「やだ！　赤ママ、乱暴だもん！」

「乱暴？　エリス……俺はまだしも、子供は叩《たた》いちゃダメだよ」

「失礼ね、叩いてないわよ！　ちょっと頭を洗うのが……ヘタなだけよ」

そうなのか、とルーシーを見てみると、彼女は頰《ほお》をふくらませつつ「うん、赤ママが頭洗うと、目に痛いの入る」と文句を言った。

そっか、そういう理由か。

ごめんよエリス。いくら君でも子供は叩かないよね。

「じゃあ、ルーシー、そろそろ、自分で頭洗えるようになろっか」

「……パパが……わかった」

ルーシーは何かを言いかけたが、途中で口をつぐみ、エリスに連れられて風呂場へと戻っていった。

「ルディに洗ってほしかったんじゃないかな」

「……ああ、かもね」

でも、今はナナホシが風呂に入ってるから、俺が入るわけにはいかん。

あ。

そういや、ナナホシに言ってなかったな。途中で乱入あるかもって……。

いや、知ってるか。ウチの風呂は複数人で入るってシキタリは、最初に家を建てた時からあった。

今さら、誰かに乱入されたところで、文句は言うまい。

それからしばらくして、ロキシーとノルンが帰ってきて、ララを連れて風呂に入った。

彼女らと入れ違いになるように、ナナホシとエリス、そしてルーシーがホカホカと湯気を上げながら戻ってきた。

結構な長風呂だったせいか、みんな真っ赤だ。

「あのねパパ。ナナホシおねえちゃんに頭の洗い方教えてもらった！」

「そうかそうか。ありがとうナナホシ」

「どういたしまして」

ナナホシはルーシーの面倒を見てくれたらしい。

風呂の中でエリスとも話をしたのか、険悪な空気は流れていない。

やはり、風呂は偉大だ。

裸の付き合いは平和への道だ。


最後に俺とシルフィがアルスを連れて風呂に入り、晩飯となった。

メニューは肉と野菜と米。

そして芋だ。ポテトチップスに、ポテトフライ。ジャンクなフードだ。

ナナホシは我が家の食卓の隅で小さくなりながら、しかし遠慮なく、ポテトを食らっていた。

家に帰れば、いくらでも食えるだろうに。

まったく、食い意地の張った芋女だぜ。

「ご飯、美味《おい》しいわね」

彼女はポテトだけでなく、米もうまそうに食べていた。

「空中城塞でも、米は出てくるだろう」

「でも、ここの方が好き……かも」

「そうか」

ウチの米はシャリーア産アイシャ米だ。

ブランド名はメイド美人とでも名づけようか。

二十歳未満の処女のメイド（が集めた筋肉ムキムキの屈強な男たち）が、汗水たらして作った田んぼで作られた、俺好みの逸品だ。

日本人の舌に合うようにできている。

「こっちの料理も、食べ納めなんだ……ちゃんと噛《か》んで食べるのよ」

「なんでいきなりお母さんみたいな口調になるのよ」

そう言った後、ナナホシはしばらく無言で食べ続けていた。

「……」

いつしか、彼女の視線は、俺ではなく、俺の家族を見ていた。

ルーシーが最近の出来事を元気に語り、それをノルンが熱心に聞いている。

ロキシーがシルフィに、魔法陣についてあれこれと話している。

エリスがララに、アイシャがアルスに、それぞれご飯を食べさせ、リーリャとゼニスがそれを見守る。

昔からは考えられないほど、賑《にぎ》やかな光景だ。

そんな光景を、ナナホシはじっと見ていた。やはり実家が懐かしいのだろうか。

そう思っているうちに、食事は終わった。

食事が終わった後、ナナホシはしばらく、子供たちの相手をしてくれた。

裸の付き合いをやったせいか、ルーシーはナナホシに懐《なつ》いていたし、アルスはナナホシに抱かれると満面の笑みで胸に顔を押し付けていた。

ララはいつも通りだが……。

「ナナホシ。今日は泊まっていきなよ」

最終的に、シルフィのそんな発言によって、彼女はウチに泊まることになった。

もうなんか、当然の流れである。

とはいえ、客間を子供部屋にして久しい。

客人の泊まる場所がないということで、シルフィの部屋を貸す流れになった。

★ ★ ★

その晩、ナナホシと話をした。

皆が寝静まった家の中。リビングで二人、向き合って、窓に映る月と、暖炉の火に照らされながら、ちびりちびりとお酒を飲みつつ。

益体《やくたい》もない話だ。

ペルギウスの趣味とか、シルヴァリルがどれだけペルギウスに傾倒してるか、とか。

オルステッドとペルギウスは不仲だが、互いに認め合ってるように見える、とか。

本当に、益体もない井戸端会議のような話。

「ルーデウスは、もう立派な大人よね」

そんな話をする中、ナナホシはふとそう言った。

「そうかな」

「最初に見た時は、小学生ぐらいの小さい子供で、次に見た時は中学生ぐらいで。正直、自分よりも年下だって思っていた時期もあったけど……。でも、最近は大人よね。結婚して、子供も作って」

「結婚して子供を作れば大人ってわけでもないだろう」

大人だの、子供だのってのは、正直俺にはよくわからない。

前世で大きな子供だったのは間違いないが。

「そうね。でも、最近、私よりずっと大人に見える」

「そうかな」

「ええ、子供のこととか、家族のこととか、いろいろ考えてるし……それに比べたら私は全然……何も変わってないわ」

「そんなことないだろう」

ナナホシだって、昔に比べればいろいろと変わった。

昔はもっと、人を寄せつけなかった。

無敵のサイレント・セブンスター様だった。

「昔のナナホシだったら、ウチの子と遊んでくれたりなんてしないさ」

「そうかな……でも、それは、あなたに助けてもらったからってのもあるわ。それまで、こっちの世界の人間と関わろうなんて思ってなかったから」

「元の世界だったら、子供の世話ぐらいはしてくれた？」

「……多分……いや、でも、受験とかを理由に、邪険にしたかも。確か、テストも近かったし」

受験にテスト。

懐かしい響きだな。

「向こうでは、何年経過してるんだろうな」

「……嫌なこと言わないでよ」

「ああ、ごめん」

こっちに来てから、約十五年。

向こうでも十五年経過していたとしたら、浦島太郎だ。

転移した瞬間、ナナホシがいきなり十五年分の歳を取る可能性もありうるか。

「でも、なんとなくだけど、あまり時間が経過していない気がするんだよな」

「どうして？」

俺は酔った頭で、自分の考えを述べる。

「俺とナナホシがトラックに轢《ひ》かれたのは、同じ日だろ。けど、こっちに来たのは、俺の方が十年近く早かった。じゃあ、多分、向こうとこっちでは、流れる時間が違うんだ。だから、大丈夫だよ」

「ええ、そう――」

ナナホシは、ふと何かを考えるような顔をして。

「…………ちょっと待って。トラックに轢かれたのが同じ日って、どういうこと？」

あ。

「あの場にいたってこと？」

「えっと、その」

「ちょっと待って、え、ちょっと……」

ナナホシは額に指を当てて、何かを思い出すように目を瞑《つぶ》り。

ハッと顔を上げた。

「あの時のデブ」

あ、あああ……なんてこった……。

酒のせいか。気をつけていたのに。ていうか、失礼だな。デブとはなんだデブとは。確かに太ってたけど……。

「うわぁ、そっか、あの人だったんだ、あの人がルーデウスだったんだ……！　えぇ、こんなカッコ良くなっちゃったんだ、へぇ……！」

ナナホシは口元に手を当てて、目を見開いている。

大変、興奮しておられる。気持ち悪がられるかと思ったけど、なんか嬉《うれ》しそうだ。

「アノ、ナナホシ＝サン……できれば、そのね、皆にはナイショにしていただけるとね、ありがたいんですが」

「なんで？」

「……なんか、知られたら捨てられそうだし」

「みんな、顔でルーデウスを選んだわけじゃないと思うけど……」

「それでも、秘密にしときたいことって、あるんだよ」

「……そうね」

ナナホシはすとんとソファに座り直した。

わかってくれたのか、あんまりしつこいと、俺が協力してくれないと思ったのか。

「ルーデウスは私と違って、『転生』だもんね」

「うん」

そう、転生だ。俺は元には、戻れない。全てを捨てたつもりはないが、でも積極的に見せていくつもりもない。

それに、前世の自分は、少し恥ずかしいと思う。

あのダメな自分あっての今の俺だとは思うが、それでも、恥ずかしいものは恥ずかしい。

「わかった。心に秘めておく」

「……頼みます」

と、前世のことで思い出した。

「おっと、そうだ、忘れるところだった」

「何？」

「正体を知られたついで……じゃないけど、これを、俺の前世の実家に届けてほしい」

そう言って、俺は封筒を一つ、テーブルの上に差し出した。

やや分厚い封筒には、前世の兄弟たちへの想いがこもっている。

こっちに来て二十数年。

俺もいろいろあった。いろいろあった結果、あの頃とは違うと胸を張って言えるようにはなれたと思う。

違うというだけで、立派になったとかは、口が裂けても言えないが……。

ともあれ、当時のことの謝罪とか、思い出話とか、今の状態とか、そのへんのことを、詰め込んである。

もし、ナナホシが日本に降り立って、しかも転移した先で一日も経過していなかったら、何言ってんだアイツと思われるかもしれないが……。

まあ、それでもいい。

自己満足の範疇《はんちゅう》だ。

「わかりました」

ナナホシはそれを大事そうに、懐へと入れた。

「必ず届けます」

「頼む」

転移先が日本とは限らない。転移した後、日本にたどり着けるとは限らない。何年経《た》っているのかもわからない。もしかすると、俺の兄貴たちだって、引っ越しとかしているかもしれない。捜すのはきっと大変だろう。

だが、それでも彼女は頷《うなず》いてくれた。

「それから、こっち」

俺はさらに、もう一通の手紙を渡す。こちらは、先ほどに比べて薄っぺらい。

「もし、向こうで何年も経過してて、頼るアテも、帰る場所も、行くところもなかったら、だけど……俺の前世の兄弟に、お前のことを、ほんの少しの間でいいから面倒見てくれって、書いてある」

「……!」

ナナホシの手紙を受け取った手が震えた。

「そんな……」

「まあ、俺、向こうでは厄介者だったから、とりあってもらえないかもしれないけど……せめてな」

「厄介者だったんですか?」

「ああ、無職の穀潰《ごくつぶ》しだったんだよ」

どうせ、向こうに戻って兄弟に会えば、バレることだ。

「ちょっと、信じられない……」

ナナホシはそう言って、俺の顔をまじまじと見た。

そう言ってもらえるのは、俺が頑張ってきた証拠なのだろうか。

だとすると、嬉しいな。

「でも、もしそうなったら、ありがたく使わせていただきます」

ナナホシはその封筒を大事そうに胸に抱いて、頭を下げた。

「本当に、何からなにまで、ありがとうございました」

ナナホシは明日帰る。

実験は、完璧だ。あの魔法陣には、一分の隙《すき》もない。

だが、だというのに俺の心には、一抹の不安が残っていた。

入念な準備と、何度も実験を重ねて作られた魔法陣。ナナホシは自信がありそうだし、誰も失敗すると思っていない。

でも、不安要素はある。

一つ、残っている。

今のところ、それをわざわざ言って不安を煽《あお》るつもりはない。

そもそも、そのことについては、ナナホシも知っているはずだ。

なのに言わない。すでに対処済みだからかもしれない。

「……明日、帰ろう」

だから、俺はそうとだけ言った。

「はい」

ナナホシは頷いた。

思いの強さがあれば、多少のことは押し通せるような気がした。

第六話「ナナホシの行末」

ナナホシの帰る日がやってきた。

転移魔法陣の間に現れたのは、俺とペルギウスと下僕たちのみだった。

見送りがないのは、ナナホシの希望だ。別れは済ませたというからには、少なくとも会える人物には会ってきたのだろう。

編成はいつも通りだ。

俺が魔力タンクとなり、ペルギウスたちが制御する。

ナナホシは、魔法陣の中心に立っている。

大きなリュックを背負った旅姿で、俺の方を向いて立っている。

あのリュックの中には、考えられるあらゆる事態を想定して、いろんなものが詰め込まれている。

といっても、俺もナナホシも、向こうの世界で海外旅行などしたことはない。

なので、どこでも換金できそうなものや、ナナホシ本人の身分証、向こうで使えるかどうかわからないが、魔力結晶＋スクロールといったものまで。

旅をしていた頃に必要だと思ったものは、大体持った。

あとは、知恵と勇気でなんとか乗り切るしかないだろう。

「……」

ナナホシは俺を見て、俺はナナホシを見た。

言葉はない。言葉は、昨夜、十分に交わした。もう、必要ない。

「ルーデウス！　準備はいいか！」

ペルギウスの言葉で俺は転移装置に手を触れた。

方法はいつも通りだ。これまでに何度も実験という名の練習をした。

全てが成功したとはいえなかったが、失敗したら原因を洗い出し、二度と同じ失敗をしないように調整した。

俺もペルギウスも、十分にベテランだ。

まぁ、俺の場合はベテランといっても、所詮《しょせん》は魔力を流すだけの役割だが。

「こっちはオッケーです」

「ナナホシ、いいな！」

ナナホシがペルギウスに向かい、頷《うなず》いた。

「はい、ペルギウス様、今まで、お世話になりました！」

「礼は必要ない。我も、面白い術式を学ばせてもらった」

ペルギウスとナナホシの別れも、それだけだった。

二人はすぐに視線を外した。

ナナホシは俺の方を向き、ペルギウスもまた、下僕へと目配せをした。

「では、始める」

ペルギウスの言葉で、転移装置が起動した。

手順はいつも通りだ。ペルギウスと、その下僕たちが一斉に魔法陣へと手を触れる。魔法陣の端がポウッと光りだしたのを確認し、俺はタイミングよく魔力を供給する。凄《すさ》まじい勢いで魔力が吸われていくが、慣れたものだ。

そして、俺から魔力が供給されるのに呼応するように、魔法陣が輝きを増していく。

青に、緑に、白にと色を変えつつ、魔法陣が光を放つ。

凄まじい光量の中、俺はただ、魔力の供給にミスをしないように心がけていた。

実験を繰り返したお陰で、どういうタイミングで魔力を供給するかはわかるようになった。

ムラなく、無駄なく、しかし決して足りなくならぬように、確実に魔力を注いでいく。

魔法陣はいつも通り、黒い輝きを放ち……。

あれ？

黒い色なんて、今まであっただろうか。なんだか、嫌な予感がする。

「ルーデウス！」

ペルギウスの叫びが聞こえる。黒い輝きが強さを増していく。続けるべきか、やめるべきか。

制御を担っていない俺には、判別がつかない。

「ペルギウス様！　指示を！」

「もっと魔力をよこせ――――！」

俺は指示通り、魔法陣に注ぐ魔力を増やした。

足から脱力し、視界が霞《かす》むほどの膨大な魔力を注ぐ。

魔法陣の黒は変わらない。が、何かがあふれ出しそうな感覚が、俺の腕に伝わってくる。

こんなことは初めてだ。

ヤバイんじゃないか。どうする、俺の独断で魔力の供給をやめるべきか？

だが、ペルギウスはもっと魔力をと言った、彼を信じて――。


――パヂッ……！


何かがはじけた。

そして、ブレイカーが落ちたかのように、魔法陣が光を失った。

一瞬だ。普段なら、ある程度はゆっくりと光が消失していくが、今回は一瞬だった。

まるで、何かに魔力を吸い取られたかのように、いきなり消えた。

「……」

全てが消えたわけではない。

部屋の四隅においてある燭台《しょくだい》は、光を放っている。

だが、部屋の中は、唐突にパソコンの電源が落ちたかのような静寂に包まれていた。

そして、無論。

言うまでもなく。

ナナホシはその場に残っていた。魔法陣の真ん中で、所在なげに。

誰もが呆然《ぼうぜん》としている。俺も当然、下僕たちも表情はわからないが、困惑の気配が伝わってくる。

「……なぜだ！」

ペルギウスが叫んだ。

「なぜだルーデウス・グレイラット！」

「えっ？」

俺？

「なぜ、途中で魔力の供給を切った！」

切った？　どういうことだ。

「俺は、ちゃんと魔力を供給しました」

「ならば、なぜあのような……」

魔力の供給が消えたってことか？

でも、俺は魔力を切っていない。むしろ、増やした。どういうことだ。俺の手から、突然魔力が放出されなくなったとでもいうのか？

でも、それにしては、体には膨大な魔力を消耗した時の疲労感が残っている。

「魔力が切れたのなら、魔法陣は光を失うはず」

「そうだな……確かに魔力はあった……だが、我の方には流れてこなかった……まるで何者かが魔法陣を乗っ取ったかのような……」

魔法陣を見ると、一部が割れているように見える。装置のどこかに虫でも入り込んでショートしたか？　馬鹿な。そんなヤワな作りではないはずだ。

「ぬぅ……」

ペルギウスが思案げな表情で顎《あご》に手を当てた時、ナナホシが、魔法陣から降りた。

「……」

ナナホシは無言だった。

無言でリュックサックを下ろし、夢遊病患者のように、魔法陣の間から出ていった。

ペルギウスを見ると、彼は相変わらず思案げだ。心なしか、下僕たちも、オロオロとしているように見える。

どうしよう。

失敗の原因は知りたいが……いや、ここは、ペルギウスに任せよう。

俺はナナホシを追いかけた。

★　★　★

ナナホシは自室のベッドに座っていた。

肩と頭が落ちている。俯《うつむ》いていて顔色は窺《うかが》えない。姿勢全体から、疲れと諦念がにじみ出ているように見えた。

対する俺は、失敗のショックは少ない。

「……」

正直な話。失敗するかもしれない、とは思っていたのだ。

未来から来た俺。

老人となった俺は『最後の最後で失敗する』と、言っていた。

その最後とやらが今なのか、それとももっと後なのか。いつ、どこで、何をどう失敗するのか。

そのへんは、わからない。今回のがそうなのか、それとも違うのか。今になって、聞いておけばよかったと思うところだが、悔やんでも仕方ない。

その上、未来の俺は、フォローに失敗したとも言っていた。

失敗して、ナナホシがどうなったのか。その辺は言葉を濁していたが、悲しくやるせない結末に終わったのは間違いないだろう。

つまり、今だ。

今、ここで、俺が、落ち込んだナナホシを、うまくフォローしなければならない。

でも、どうフォローすればいいのだろう。失敗なんて誰にでもある、くよくよせずに次に期待しようぜ、とか……ありきたりだ。未来の俺だって、それぐらいは言っただろう。

いや、未来の俺はかなり荒《すさ》んでいたようだから、言わなかったかもしれない。

逆にもっと酷《ひど》いことを言って、ナナホシを追い詰めたかもしれない。

だいぶ酷い奴だったようなので「どうせ帰れないんだから、俺の女になれ」とか言って襲ったかもしれない。

……失敗例を知りたい。

や、自分で考えなければ。

不正解だった例があると、どうしてもそれを知りたくなるが、本来はそんなものなどないのだ、
俺の言葉でナナホシを慰めねば。

ええっと……いつもはどうしてるっけな。

シルフィの時は、こう、隣に座って。こう、肩に手を回して。

「そうやって三人口説いたの？」

見ると、ナナホシが顔を上げ、じっとりとした目を俺に向けていた。

……確かに、これじゃ口説きだ。

「失礼」

ナナホシの肩のあたりでホバーハンド現象を引き起こしていた手を膝の上に戻す。

「あの、ナナホシさん。ちょと、お時間、いいデスか？」

「なに？　忙しいんだけど」

「まぁ、そう言わずに……一人になった時ってのはね、誰かに心の膿《うみ》を吐き出すことで、少しでも楽にならなきゃいけない。問題は何も解決しないけど、その後に問題に取り組む時に、心が病んでるか否《いな》かで効率も……」

と、ナナホシの方を見たところで、彼女の膝の上で一冊のノートが開かれているのが目に入ってきた。

ページ内に書かれているのは日本語だ。

『最終段階で失敗した際の仮説』と書かれている。

「予《あらかじ》め、あなたに失敗することを聞いておいてよかったわ」

ナナホシはそう言いつつ、ノートの文字を指でなぞった。

「もし何も知らずに失敗していたら、魔法陣の不備についてばかりに頭がいったところよ」

ナナホシは顔を上げた。

その顔には、落ち込んだ気配は見られない。先ほど見た疲れと諦念は、勘違いだったらしい。

やはり、ナナホシも、失敗を頭の片隅に置いていたらしい。

じゃあ、慰める必要はなかったのだろうか。いや、落ち込んでないはずはないと思うんだが……。

なんて考えていると、ナナホシがまた顔を伏せて、ノートに視線を落とした。

「ねぇ、前にこの話をした時の私の仮説、憶《おぼ》えてる？」

仮説、仮説ね。

なんだっけ、聞いた気はする。なんか、荒唐《こうとう》無稽《むけい》なやつだ。あんまり憶えていない。

「ごめん。なんだっけ」

「……」

ナナホシさんの目がまたじっとりした。ごめんよ。

「じゃあ、かいつまんで話すけど……」

ナナホシの説明が始まった。

といっても、ノートに書いてあるものを読むだけだ。

「まず、フィットア領の転移事件《のしょうかん》は、本来なら起きるはずがなかった」

「なぜ、本来なら起きるはずのないことが起きたのか。私はあなたが未来から来たと聞いて、未来の誰かが私を過去に送り込んだ……いえ、私を『過去に置いた』のだと考えた」

「いないはずの人間を過去に置いたことで、歴史が変わった。世界の総魔力量の辻褄《つじつま》もあわなくなり、領土が一つ消滅するほどの『辻褄合わせ』が起きた」

ああ、そんな話、聞いたことがあるな。

だが、当時は別のことでいっぱいいっぱいで、あまり憶えていなかった。

荒唐無稽な話だが……そんなのを元気よく話し始めるということは、本当にショックを受けていないのだろうか。

いや、そんなはずあるまい。ちょっと錯乱しているのかもしれない。付き合ってやるか。

「ここまではいい？」

「ああ」

ナナホシがノートをめくる。

するとそこには「誰が何のために」と書かれていた。

「ここからが本題。私は未来の誰かが歴史改変をしたと仮定した。なぜ『未来』なのか。それは当然、オルステッドの存在があるから。彼は『過去』から送られてきて、『現在』でループしている。現在では、オルステッドは誰にも介入されず、勝利するまでループする最強の存在よ」

オルステッドは彼の親、初代龍神が送り込んだのだったか。

そして、その初代龍神は、オルステッドに一定期間をループする秘術を掛けた。オルステッドの予想では、このループを脱するにはヒトガミを倒すしかないという。今のところ、まだ倒せてはいないようだが、いつかは倒せる。確かに最強だ。

「私は、私たちが送り込まれたのは、この龍神と人神《ひとがみ》の戦いに関係があると思ってるのよ」

「それは、どうして？」

「私が転移した直後、最初に出会ったのがオルステッドだったからよ。その後、私はあなたと出会い、あなたはオルステッドの運命を大きく変えた。私たちはオルステッドのループに介入したのよ」

オルステッドはヒトガミを倒すためにループしている。

どっちが勝つかはわからないが、もし敗北する側が、何らかの手として、過去を改変したとしたら。勝つための布石として、俺とナナホシを置いたとしたら……。

敗北するのはどっちだ？

オルステッドだ。彼は、勝てないからループしている。

つまり、未来のオルステッドが、俺たちを呼び出した可能性。

「でも、オルステッドじゃない。彼にはできない」

そうだな。なぜなら、オルステッドは、過去の改変などせずに、勝つつもりだった。

仮にできるのだとしても、オルステッドが改変するのであれば、自分がループしている時間の間ではなく、それより過去に置くはずだ。

例えば、第二次人魔大戦でラプラスを分裂させないようにする、とかね。あるいは、もっとループ数の多いオルステッドが、過去ループの自分に介入した可能性もあるが……それをする理由はわからない。

「ヒトガミにもできない。ヒトガミはこのループでも勝利するはずだった……って、オルステッドも言ってたし」

オルステッドはギースの存在に気づいていなかった。

ゆえに、あと少しで勝てると思っていた。自分が小さな石に蹴躓《けつまず》くとは、思ってもいなかったはずだ。このループ、俺たちがいなければヒトガミは勝利しただろう。なら、ヒトガミに過去を変える必要はない。

「じゃあ、誰が、何のために？」

「そこが本題。これは、あくまで仮説でしかないのだけど……」

ナナホシは、ノートに書かれた名前に、ポンと指を置いた。

そこには、『篠原秋人《しのはらあきと》』と書かれている。

そして、そのすぐ下には『黒木誠司《くろきせいじ》』とも書かれていたが、それには大きくバツがうたれ、その脇に『ルーデウス・グレイラット』と書かれている。

「昨日、あなたの正体を知って、思い出したの。あの時、私はアキ……篠原秋人に抱かれていたけど、黒木誠司はあなたに助けられて、トラックの進路の外にいた。つまり、転移していないんじゃないかって」

「あの場でトラックに轢《ひ》かれた三人。そのうち、二人はこの場に揃《そろ》っている。でも、残り一人は、この世界には、いない」

「そして、あなたは私が転移するより十年前に転移した……。つまり、あの場で同時に転移した三人は、それぞれ別の時間に転移したんじゃないかって」

俺は転生なんだが……まあ、そう大きくは変わらんか。

「あなたが私より前、なら、私より後に転移してもおかしくない。そう、篠原秋人は今からずっと未来に転移した。そして、篠原秋人はオルステッドに出会った。このループで、初めて、オルステッドに変化が起きたのよ。そして、篠原秋人を仲間にしたオルステッドはヒトガミに勝てないことを悟り……勝利するために動いた」

未来の人物が、過去を改変した。

「……それが、フィットア領消滅につながったと？　篠原秋人って人物は、過去の改変ができる超能力者なのか？」

「できないわ。でも、私たちがこの時代でいろんな人と出会ったように、彼もいろんな人と出会ったはず。それこそ、歴史の改変ができるような力を持った、誰かと……」

神子《みこ》。

そんな単語が頭をよぎった。ザノバの怪力を見ていた時はあまりピンとこなかったが、ミリスの神子は、相手の目を見るだけで記憶を見た。あるいは、歴史を改変できるような力を持った神子がいても、おかしくはない。

俺も、未来から来た年老いた俺に出会わなければ、あの日記のような人生を送っていただろう。

つまり、すでにこの歴史も改変されていると言える。

実感はあまりないが……なんにせよ、転生や転移が術として存在するような世界だ。歴史改変がありえても、不思議じゃない。

「オルステッドは、そんな誰かに心当たりはあるって言ってたか？」

「言ってたわ。『物体の時間を巻き戻す神子』がいるって」

物体の時間を巻き戻す……か。

少し想定していたのとは違う。違うが、しかし時間に関係した神子なのは間違いない。

「ただ、その神子は誰よりも運命が弱くて、何もできないまま死んでしまう……」

「それを、篠原秋人が助けた、と」

カチリと何かがハマるような感覚。

その篠原秋人とやらが、その神子に出会った。

さらにオルステッドと出会い、神子の能力を増幅させるような魔道具を開発とかしたと仮定したらどうだろう。

ナナホシは、ペルギウスと協力し、より強力な転移装置を作り上げた。

俺はクリフやザノバと出会い、魔導鎧《マジックアーマー》を作り上げた。

それらと同じように、だ。

そして、その能力を使い、過去を改変した……。

「……でも、それと今回の失敗は、どうつながるんだ？」

「それよ」

ナナホシはまたページをめくった。そこには、『もし帰れなかった場合の自分の未来』と書いてあった。

「私、思ったのよ。私が秋人を捜したように、彼も私を捜したんじゃないかって」

「……ほう」

「まぁ、仮説にすぎないんだけど……。私は『未来において篠原秋人と帰ることになっているから、今はまだ帰れない』。もしくは『何かを作るまでは、帰ることができない』。あるいは、その両方じゃないのかって思うのよ」

つまり、なんだ。整理してみよう。

未来。

何らかの理由によって、篠原秋人という人物が召喚された。

篠原氏は、いろいろあってオルステッドと協力関係になるが、今の状態ではヒトガミに勝てないと知った。

探ってみると、原因は過去にあった。そのため、神子の力を増幅させて、過去を改変した。

……恐らく、そこで召喚されたのが、俺だ。

そのタイミングで、ヒトガミは、俺の子孫に殺される未来を見た。

そして、篠原秋人はオルステッドと、そして俺の子孫と共にヒトガミを倒したのだ。

しかし、そこで問題が起きた。

元の世界に帰る方法がないのだ。そこで、篠原秋人は再度、神子の力を使った。召喚されたのは、家に帰りたくて帰りたくてたまらないナナホシだ。

彼女は、家に帰りたい情熱をもって、転移魔法陣を作った。

ただ、その時、何か無理をしたのかもしれない。

だから、フィットア領が消滅した……。

と、そう考えると、篠原秋人に対して苛立《いらだ》ちが湧いてくるな。この仮説が正しければ、フィットア領が消滅したのは篠原秋人の自分勝手な理由からだ。

あくまで仮説にすぎないけどな。

いや……だとしても、彼を責めることはできないか。

もしかすると、篠原秋人は極限まで追い詰められていて、過去を改変しなければ、どうにもならなかったのかもしれない。あるいは、フィットア領が消滅するなんて知らなかったのかもしれない。もしくは、敗北濃厚な状況の中、大事な何かを守るため、決死の覚悟で過去を改変したのかもしれない。

俺はこの世界に来て、大事なものが増えた。

妻に、子供に、妹に。

彼女らを守るために、オルステッドの配下となった。

オルステッドは意外にいい奴だったが、もし彼が心の底からの悪党だったら。

俺に命じることが、非道なものばかりだったとしたら。俺はきっと、それに、家族を守るためならその命令に、従っただろう。

それと一緒だ。

一番大事なものってのは、人によって違うのだから。

「なるほど……で、ナナホシ。その仮説が正しいとするなら、お前、どうするんだ？」

「そうね……もし『何かを作るまでは、帰ることができない』のだとしたら、その役割は果たしたと思うの。あの転移装置の完成でね。これ以上、何か作るつもりはないし」

役割……か。

ナナホシの役割が転移装置の完成なら、俺の役割はなんだろう。

オルステッドを勝利に導くことか？

あるいは、ギースを殺すこと、その一点に集約しているのかもしれない……と、考えるのは、今はギースのことで頭を悩ませているからか。

もしかすると、ギース以外にも隠れヒトガミシタンがいるかもしれないし。

「けど、私は帰れなかった。てことは『まだやることがある』からだと思うの」

「うん」

「これは願望が強いのだけど、そのやることというのは『未来において篠原秋人を元の世界に送り返すため』じゃないかなって思うの」

「うん？」

「だってそうでしょう？　装置は作った。でも使い方がわからないのでは、彼だって帰れない」

まぁ……うん、仮に俺のような魔力タンクがあったとしても、魔法装置だけじゃ難しかろう。

ペルギウスもその時には、生きてる可能性低そうだし。

でも、その考え方は、ご都合主義がすぎるのではなかろうか。

マニュアルを作れば済むことだ。

「あるいは、『すでに未来には私がいる』のかもしれない」

ああ、そっちの方がスッキリするな。

タイムパラドックスが起きるから、帰れない、と。

ここで帰ったら、未来のナナホシは存在しえない。

未来が過去を変えたというのなら、未来の方が優先されているようだし。だから魔法装置は意味不明な動作をして停止してしまう。

「でも、私は、このままだと、八十年は生きられない。病気のこともあるしね」

ナナホシはそう言って、部屋の隅にある湯のみに目をやった。

忘れがちだが、ナナホシはドライン病にその身を侵されている。

異世界のエイズ。現在、ソーカス草から作った茶を日常的に飲むことで、その症状は抑えられている。

しかし、いつ、どんな病気にかかるのかはわからない。

まして八十年ともなれば、生き延びる可能性は低くなる。

「どうするんだ？」

「だから」

ナナホシは言った。その解決方法を。

「ペルギウス様に頼んで、時間を止めることにするわ」

ペルギウスの配下。時間のスケアコート。

触れている相手の時間を止めることができる能力を持った、ペルギウスの精霊。

その力を使えば、ナナホシは生きながらえる。

ずっと、というわけにはいかないだろう。いずれラプラスが復活し、本格的に戦いが開始されれば、ペルギウスもスケアコートを遊ばせておくわけにはいかなくなる。予定通りなら八十年後、最低でも五十年後には……。

そして、オルステッドはラプラスを倒さねばヒトガミの元に至れず、篠原氏がそれを手伝うというのなら……。

ナナホシはバッチリのタイミングで目覚めることになる。

「それでルーデウス。あなたには、頼みがあるの」

「……頼み？」

なんだろう。

「私の存在を、篠原秋人が見逃さないように、何か手を打ってほしいの。本に残すとか、石碑を立てるとかでもいいから。それから、転移魔法陣については禁忌ってされてるけど、できれば世の中に公表して、研究を進めてほしいの」

「……その必要、あるのか？」

「仮説が全部合ってるとは限らないでしょう？ というか、全部合ってるほうがおかしいのよ。八割は妄想だと考えて、保険を掛けておくの。仮説が間違っていた時、八十年後になって、ちゃんと私が帰れるように」

今回の仮説、俺としては、わりと信憑性《しんぴょうせい》が高く感じられた。

全部が正解というわけではないだろうが、何かが当てはまっている感覚はある。

だが、そうだな。合っているとは限らない。篠原氏が転移してくるとも、限らない。

ナナホシが帰れない理由が、本当は魔法陣の不備によるものかもしれない。

現在は完璧だと思っているが、何かブレイクスルーがなければ解決できないような問題が残っているのかもしれない。

「もちろん、私も年に何回かは起きて、状況は見るつもりだし、その間にいろいろと変わって、また別のことをしてもらうかもしれないけど……」

状況は変わるもの。

今の仮説が正しいとも限らない。

そして、俺はナナホシが帰るのに、できる限りの力を貸してやりたいと思っている。

俺が、生きているうちは。

せっかく手紙も託したんだからな。

「わかった」

俺は頷いた。

★★★

その後、もう一度トライしてみた。

今一度、魔法装置を精査した後、ナナホシを送ってみたのだ。

魔法陣に問題はなし。特に損傷があるわけでもなく、精査した後も正常だった。

だが、やはりできなかった。

まるで何者かに妨害されているかのように、魔力が遮断されるらしい。

俺の方は問題ないから、ペルギウスが嘘《うそ》をついているのでなければ、本当に未来から妨害されているのかもしれない。

……ヒトガミの仕業じゃあるまいな。

かくして、ナナホシの帰還は失敗に終わった。

否《いな》、終わらなかったと言うべきか。

失敗の後、ナナホシは眠りにつくとペルギウスに告げた。

ペルギウスは反対すると思ったが、あっさりしたものだった。

時間のスケアコートを貸してほしい、しばらく眠りにつくと言うナナホシに対し、ただ、やるせない表情を一瞬だけ見せた後、「そうか」と呟《つぶや》いただけだった。

もしかすると、すでに話は通してあったのかもしれない。

失敗したら、どうするつもりか、ってことを。

「じゃあ、ルーデウス。ペルギウス様、あとのことは、よろしくお願いします」

ナナホシは、最後にそう、あっさりと言って、自室へと消えていった。

これから先、スケアコートの魔力が途切れる度に起きることになる。

月に一回程度だ。

ここ数年のナナホシとの疎遠っぷりを考えると、さほど寂しくは感じない。

ちょっと遠いところに引っ越した、というぐらいの感覚になるだろうか。

寂しくは感じないが、胸には何か別の感情が渦巻いている。

これはなんだろうか。どうにも、スッキリはしない。

「ルーデウス・グレイラット」

そんなモヤモヤとした気持ちを抱いたまま、ペルギウスに挨拶をし、空中城塞《じょうさい》を出ようとしたところで、俺は呼び止められた。

「我は運命などという言葉は嫌いだ」

唐突に言われた言葉。

「……俺も嫌いです」

なぜ今、そんな話をするのかわからなかったが、俺も頷いた。

今までやってきたことが、誰かの手のひらの上だったなんて、考えたくもない。

「未来によって過去が定められるなど、馬鹿馬鹿しい。そんなことがあってたまるものか」

ペルギウスは憎々しげに、ナナホシの消えた扉を見た。

「その考え方は、過去を嘲《あざけ》り、現在を貶《おとし》める言葉だ。我は認めん」

「そうおっしゃる割に、随分あっさりと、ナナホシに下僕を貸し出しましたね」

「ふん」

ペルギウスは鼻息を一つ。厳しい表情で、俺を見据えた。

「我は、あくまで魔法陣に不備があったのだと考えている」

「……」

「ナナホシはすでに諦めたようだが、我は諦めん。奴が眠りについている間、我《われ》があの魔法陣を完成させよう。甲龍王の名にかけてな」

ペルギウス様はやる気のようだ。

その目には、やや暗いながらも、火が灯《とも》っているように見えた。

「だが残念ながら、魔力総量ではお前に遠く及ばん。ルーデウス・グレイラット。力を貸してもらうぞ」

「……構いません。でも、どうしてペルギウス様は、ナナホシにそこまで肩入れするんですか？」

そう聞くと、ペルギウスはふと、我に返ったような顔をした。

なんでだろう、と自分でもよくわからないのか、明後日《あさって》の方を向いた。

そして、何か心当たりがあったのか、ムッと眉根を寄せた。

「過去にとっては、今が未来だ。過去の自分が今を作った。そして今が未来を作る。我は、弟子の愚かな考えが間違いだと突きつけ、正したいだけだ。ラプラス復活までの、暇潰《ひまつぶ》しとしてな」

愚かな考えか。

あるいは、ペルギウスには、ナナホシの行動は不貞寝《ふてね》か何かに見えているのかもしれない。

今はダメでも、将来、世の中が変わっていればどうにかなるかもしれない。

しかしそんなのは甘い考えだ、と。

「……わかりました。ご協力致します」

「感謝はせんぞ」

「構いません」

そんなやりとりが心地よくて、俺はフッと笑った。

多分、俺が生きている間にナナホシは帰れないだろう。

けど、もし、仮に、帰れなかったとしても、彼女の面倒を見てくれる人はいる。

そのことが、なんだか嬉《うれ》しかった。

★　★　★

そして、ナナホシは眠りについた。

未来に行ったのだ。

スッキリしたような、モヤモヤが残ったような。変な感覚が残っていた。

もしかして、俺がいてもいなくても、ナナホシは未来に行ったんじゃなかろうか。

思い返せば、俺はナナホシの結末については聞いていない。未来の俺も悲しそうな顔をして、言葉を濁していた。そこから察するに、未来の俺はナナホシから仮説を聞かされず、後々にペルギウスから自殺したと伝えられただけで、ナナホシは今回と同じように未来に行ったとか。

まあ、何にせよ、一つのことは終わった。

ペルギウスはまだ研究を続けるようだし、ナナホシも未来で何かするつもりだろうが……。

終わりは、終わりだ。切り替えていかなければならない。

ナナホシは自分で考え、自分で道を選んだ。俺も、自分のやるべきことをやらなければならない。

よし。

次は剣神ガル・ファリオンのところだ。

エリスと二人で行こう。

シンプル・イズ・ベストだ。

バックアップがいないのは少し不安だが、剣の聖地はさほど頭のいい奴はいないと聞いている。

なら、拳で話し合える奴だけで行くのがいいだろう。

だが、その前に、オルステッドにも報告しなければなるまい。

ナナホシがどんな選択をしたのか。

彼女の仮説については、すでに聞いたようだが……それでも、結果は報告しなきゃならない。

そう思いながら、俺はオルステッドの事務所へと足を向けた。

「あ、ルーデウス会長！　お疲れ様です！」

ロビーに入ると、受付の女の子が頭を下げてくる。この子は元気だな。

「社長は奥でお待ちです」

「ああ」

返事をしつつ、社長室へと入る。

中に入り、扉を閉め、足を肩幅に開き、手を後ろに。いつも通り、机に座るオルステッドに対し、頭を下げる。

「ご報告があります」

「……聞こう」

「ナナホシの帰還は失敗。彼女は未来に原因があると考え、ペルギウス配下『時間』のスケアコートの能力で、眠りにつきました」

「そうか」

オルステッドはゆっくりとヘルメットを外した。

そしてこめかみに手をあて、長いため息をついた。

「ペルギウスは何と言った？」

「あくまで自分は魔法陣に不備があると考えているので、魔法陣に改良を施して、ナナホシを帰す……と」

「それだけか？」

「未来によって過去が定められることなど、あってはならない、と」

「だろうな。ペルギウスなら、そう言うだろう」

そう言うオルステッドの声音は、心なしかいつもより感情がこもって聞こえる。

いや、いつも通り、仏頂面に平坦《へいたん》な声なのだが。

「ナナホシの件はわかった。お前はどうする？」

「ひとまず、ナナホシの件はおいおい考えていくとして、俺の方は、剣神ガル・ファリオンのところに行こうと思います。いつも通り、詳細をお願いします」

「そうか……ガル・ファリオンについては、まとめておいた」

オルステッドは戸棚から、紙束を取り出した。

今回も用意がいい。ありがたい話だが、むしろ逆な気がするな。こういう資料を作るのは、俺の役目ではないのだろうか。いや、今さらだが。

「ありがたく使わせていただきます」

「資料にも書いてあるが、ガル・ファリオンとの戦いは避けろ」

「はい」

こうして、ナナホシは眠りについた。

少々風変わりな休暇は終わり、俺はギースとの戦いへと戻っていくのだった。

第七話「狂犬古巣に帰る」

剣の聖地。

たどり着いた時、遠くに来たと思った。

万年雪に覆われた、極寒の世界。広い北方大地においても、ここは異質な土地だ。

ひと目見た者は、こう思うだろう。

普通の町だ、と。

石造りの家からは炊事の煙が立ち上り、暖かそうな格好をした人々が、寒そうに身を震わせながら行き交う、北方大地のどこにでもありそうな、そんな町。

そんな町を通り抜けた先にあるのが、道場だ。アスラ王国にもそうない大きさの、広い道場。

そこからは、絶えず木刀の打ち合う音が聞こえてくる。

剣神流の高弟たちが集うそここそが、まさに剣の聖地だ。


世界中の剣士はここを目指して旅をする。

そして、たどり着いた時、きっとこう思うのだ。

ようやくここまで来た、と。

そして長い修行を終え、ここから出ていく時、今、私が振り返れば目の当たりにできる光景を見て、こう思うのだ。

ここから旅が始まる、と。


冒険家・ブラッディーカント著　『世界を歩く』より抜粋。

★　★　★

エリスとルーデウスは、剣の聖地を訪れていた。

「剣の聖地は、『世界を歩く』の最後の項にあったのを憶《おぼ》えているよ。つまり、ブラッディーカントが旅の最後に立ち寄った場所だね。他の土地とは、また少し趣《おもむ》きの違った書かれ方をしていたのが印象に残ってるよ」

ルーデウスはやや早口でそう言いつつ、何でもない顔をして歩いていた。

ただ、エリスにはわかった。彼はいつもより警戒している、と。

「エリスはここで修行してた時、このあたりもよく歩いたの？」

そう言われ、エリスは周囲を見渡した。

思えば、剣の聖地で修行をしていた頃は、町の方にはあまり出てこなかった。何度か剣神の言いつけで下りてはきたけど、散策をしたことはなかった。

「そんな余裕なかったわね」

改めて周囲を観察すると、北方大地ならどこにでもありそうな町だった。規模的には村といってもいいかもしれない。

ロアに住んでいた頃は、あちこちに出歩き、見るもの全てが新鮮に思え、シャリーアに移り住んだ後も、レオと二人でよく散歩をしたエリスだが、この町ではそういう気持ちにはなれない。

エリスにとって、ここはそういう場所ではなかったからだ。

「鍛冶《かじ》屋と武器商人だけはえらく多いね……」

「そうね」

この場所にいるのは、ほとんどが剣士だ。

老若男女、ほとんどが剣を身につけている。全てが全て、剣神流の門下生というわけではないが、それでもこの町では、剣を帯びることが常識と言わんばかりだ。

「どこ見て歩いてやがる！」

「あぁん……？　てめぇなんざ眼中にねぇんだよ」

「やるかこらぁ！」

ふと、道の真ん中で喧嘩《けんか》が始まった。剣を抜いた二人が、目を据わらせながら相手を睨《にら》みつけ、次の瞬間には斬り合いを始めた。

周囲の人々は一瞥《いちべつ》しただけで、「ああ、またか」という感じで去っていく。囃《はや》し立てる者すらいない。ここでは、これぐらいは日常茶飯事なのだ。

喧嘩の方はというと、エリスから見ると、どちらも大したことはなかった。

剣神流で言えば、中級にようやく手が届いたあたりだろう。

みっともなく腰を引かせながら、どたばたと剣を打ち合わせている。

命の取り合いまでする気がないのは、見てわかった。

「えぇ……」

しかし、ルーデウスは目を見開き、ビクビクとしていた。

心なしか、エリスの半歩後ろを歩いている。まるで隠れるように。ここはどこのヨ◯ネスブルグなんだと言わんばかりに。

「もっと堂々と歩きなさいよ」

あの二人と、いや、この通りにいるほとんどの相手と戦っても、ルーデウスは勝てるだろう。

エリスは知っている。剣士の距離、剣の間合いで戦っても、並の剣士よりルーデウスの魔術の方が速いことを。

ルーデウスは、剣術こそ中級だが……いや、だからこそというべきか、慢心をしていない。こういう時は生半可な剣士では傷をつけることすら困難な鎧《よろい》を着込んでいるし、剣の間合いなら初手は回避を選ぶ。速度勝負の博打《ばくち》に出ない。

「いや、絡まれても困るんだ。こういう時のちょっとした喧嘩が、後の交渉事に悪影響を与えたりするんだよ。俺ってこういう時、結構喧嘩を売られやすいタイプだからね。極力喧嘩は回避していかないと」

「ルーデウスなら大丈夫よ」

「そうかな？」

「このへんの奴らは弱いから、勝てるわ」

「そういうことじゃなくてね」

と、その時エリスが殺気を感じ、そちらに振り返った。

ルーデウスもまたそちらの方を見て「やべっ」と呟《つぶや》いて視線を逸《そ》らす。

「あっ、ほら、エリスがそんなこと言うから……」

見れば、額に青筋を立てた男が、エリスの方を睨んでいた。

「おいおいねーちゃん、言ってくれる……」

男はそう言いながら近づこうとして、しかしエリスが睨みつけると立ち止まった。

「っ……！」

顔を青ざめさせて視線を逸らし、体ごと壁の方を向いた。

「フンッ！」

エリスの鼻息は、男にも聞こえていただろう。そしてそれを聞きながら、運が良かったと胸を撫《な》でおろしていただろう。

あと一歩、前に出ていたら、自分の首が飛んだであろうことが理解できたから。

「ほら」

「いやいや、今のはエリスの圧の力だよ」

ルーデウスは目をキラキラさせつつシビれていた。さっすが我が家の旦那様、という顔だ。

昔のエリスであれば、フフンといい気になっただろうが、今はあの程度の相手をビビらせたところで、さして自慢にもならないと知っていた。

大体、今ぐらいの相手なら、ルーデウスでもどうにかなるのだ。

「……おい、見ろよ」

「あの赤毛……狂剣王じゃねえか」

「戻ってきたのか……」

「絶対に目ぇ合わせるなよ……」

「声も上げるな……物音もできるだけさせるなよ。刺激するんじゃあない……」

「あいつには、理由なんかいらねえからな……」

周囲からそんな声が聞こえ、ルーデウスが小声でエリスに話しかける。

「エリス、何やったの？」

「何もやってないわ」

実際、エリスは彼らに何もやっていなかった。

記憶にないというのもあるが、実際のところ、町の方にいるのは、剣の聖地の道場に入れなかった半端者が多い。

道場の高弟も町に下りて買い物をする時もあるため、全てというわけではないが……ともあれ、道場の外にあまり出なかったエリスが、彼らに何かできようはずもない。

「なるほどね」

しかし、ルーデウスはなぜか納得していた。そして、エリスの後ろにぴったりと張り付くような立ち位置へと移動した。

「だから、なんで隠れるのよ」

「いや、隠れているわけじゃないよ。エリスの後ろ姿がかっこいいなって思ってるだけで。別にエリスがここの住人一人一人を一発ずつ殴ってて、恨みを買ってると思ってるわけじゃないさ。うん」

「……本当にしてないわよ！」

エリスは知っていた。ルーデウスはこうやって隠れつつも、いざとなったら前に出てきて、自分を助けてくれる、と。

ただ、威圧的に喧嘩をふっかけてくる相手が苦手なだけなのだ、と。

「いいから、行くわよ」

エリスが歩けば、モーセが海を分けたように道が出来ていく。

そんな人の海を、エリスは堂々と歩き抜けていった。

★ルーデウス視点★

剣神流の道場は、大きかった。

「おー……でっかいなあ」

石材と木材を組み合わせた感じで、どことなく、日本の武道館を彷彿《ほうふつ》とさせる。見た感じとしては、下の町よりこちらの方が建築としては古いだろうか。入り口からはその全貌《ぜんぼう》は窺《うかが》い知れないが、家屋は一つではないのは見て取れる。増築と改築を繰り返し、こうして巨大になってきたのだろう。

「お」

第一道場人発見。

門前で、簡素な道着を身につけた一人の青年が、スコップを片手に雪かきをしていた。

門下生だろうか。

寒そうだが、上着を身につけることは許されていないのだろうか。

「彼、寒そうだね」

「そう？　普通でしょ？」

エリスの返事を聞くに、許されていないのだろうな。きっとここはこの世界における体育会系の総本山だろうし。寒いのは根性が足りないからだとか言ってそう。

「あの」

「何か？」

俺が声を掛けると、彼はこちらを見て、そしてエリスの姿を視界に収めた。

「ツッツ!!!!」

瞬間、彼はスコップを取り落とし、そのままダッシュで道場の中へと入っていった。

「本当に何もやってないの？」

「あいつとは、何度か稽古したわね」

ウッ……かわいそうに、きっとトラウマになっているんだろう。

城塞《じょうさい》都市ロアに住んでいた頃は、俺も毎日のようにエリスと稽古をしてボコボコにされていたからわかる。

当時ですら遠慮がなかったのに、ガチでやる気になってしまったエリスを相手にしたんだから、相当なものだったろう。

骨とか、何度折られたんだろうか。奥歯はまだ残っているんだろうか……稽古でのことだから俺が謝るのは違う気がするが、彼のことが心配でならない。

なんて考えていると、エリスが道場の中へと進み始めていた。

「えっ、ちょっとエリス」

「何よ」

「勝手に入って大丈夫なの……？」

「大丈夫よ」

エリスは若干呆《あき》れた声でそう言うと、ズンズンと奥へと進んでいく。

俺はその場に立ち尽くすわけにもいかず、彼女に付いていくしかない。

いや、エリスも一応、剣神の弟子みたいなポジションらしいし、きっと顔パスで大丈夫なんだろうけどね。でもやはり、門のところで取りついでもらい、応接室でやきもきしながら待ち、満面の営業スマイルでトークを開始したかった。これじゃまるで道場破りじゃないか。

と、廊下の向こうからバタバタと音が聞こえ始めたと思うと、道着姿の男が数人現れた。しかも、手に持っているのは木刀じゃなくて真剣だった。

ややややべぇ。

やはり道場破りと思われてしまったんじゃ!?

「……エリス!?」

と、そのうちの一人が、驚いた顔でそう言った。

ああ、いや、その人物は男ではなかった。

物騒な雰囲気をまとっていたため、一瞬見間違ったが、女性だった。

やや浅黒い肌に、紺色の髪、鋭い目つき。剣士なのは間違いないだろう。物腰は鋭く、まったく隙《すき》が見えない。さすがの俺でもわかるぞ。この人は町中のチンピラなんか比じゃないぐらい、強い。

ていうか、会ったことあるな。確か、アスラ王国で一度、アリエルの戴冠式の時だったか。

名前はそう、ニナだ。エリスと真正面から喧嘩できるヤバイ人だ。

あの時は、確か力になってくれると約束してくれた。

まぁ、口約束ではあるが。

「ニナ、久しぶりね」

「ええ、久しぶり……何しに来たの?」

「ルーデウスが、あいつに話があるらしいの」

　肩で示され、俺は営業スマイル。

「はじめまして、ルーデウス・グレイラットと申します。この度は――」

「あいつって誰のことよ」

　しかし、ニナは俺の顔など一瞥もしなかった。俺の営業スマイルなど通用しないらしい。

「剣神よ」

　そう言うと、ニナが剣呑《けんのん》な表情をした。殺気立ったと、言い換えてもいい。

　エリスはその殺気を受けて、堂々と立っていた。

　俺の足はブルっていたが、しかし恐怖よりも困惑の方が勝っている。そらね、会いに来ただけだからね。殺気立たれる理由もないはずなのよ。

「ガル・ファリオン。いないの？」

　しかし、この言葉でニナの表情が怪訝《けげん》そうなものへと変わり、やがてフッと力を抜いた。

「せめて師匠って言いなさいよ」

「嫌よそんなの。私の師匠はギレーヌだけなんだから」

「そ。まぁ、いいわ……」

　ニナは大きくため息をついた。

　きっと、ずっとエリスのこういうところを目の当たりにしてきたのだろう。

「あなたたち、エリスには私が説明しておくから、先に行ってて」

「しかし、ニナ様、今はそれどころでは……」

「彼女は狂剣王エリスよ」

男たちはそう言われると、ハッとした顔でエリスを見た。エリスがここで何をやらかしてきたのかはわからないが、どうやら彼女の名前には、相当な説得力があるらしい。

「わかりました」

彼らは頭を下げると、すぐに道場の奥へと走っていった。

走りながらも、足音はほとんどないし、体幹もブレていない。

明らかなモブというか、『その他大勢』って感じなんだけど、恐らくランクとしては剣聖以上なんだろう。怖い怖い……。喧嘩だけは売られたくないもんだ。

「じゃあ、こっち」

ニナがアゴで示し、エリスがそれについていく。

そして、俺もまた追従した。

★　★　★

連れていかれた場所は道場だった。

鍛錬の間、というらしい。

床は板張りで、壁には木刀が掛けられているのを見ると、前世の世界の剣道場を思い出す。

ただ、床が全体的にまだら模様なんだよね。どうにも染みっぽくて、何をこぼしたんだろうと思ってよくよく見てみたら……ハハ、血だよコレ。

ニナは鍛錬の間の真ん中へと進むと、どっかりと座り込んだ。

エリスもまた、それに倣う。

二人ともあぐらで、右膝をやや立てている。

女の子がはしたないと思うところだが、この座り方は俺もギレーヌから学んだ。座った姿勢から素早く立ち上がりつつ、抜刀するための座り方だ。

つまり、ほんの一瞬、ニナがその気になっただけで、俺の首は飛ぶわけだ。

なぜなら、ニナは今、腰に真剣を帯びているから。

「ニナ、ルーデウスがその剣の間合いに入れないわ」

「そう？　臆病なのね。あなたの旦那」

「……魔術師なんだから、当然でしょ」

空気がピリッピリしてる。

いや、うん。ここは、俺が勇気を出して、彼女の間合いに入ろうか。元々、剣神に会いに来るということで、それなりに覚悟はしていたのだから。

「失礼。場の空気に当てられてしまいまして」

予見眼を開きつつ、エリスの隣に座ると、ようやくニナが俺の方を見た。

「それで、何をしに来たの？」

「はい。実は、ある人物と戦うことになりまして。剣神様のお力を借りに来ました」

「……？　何十年も先の話じゃなかったの？」

「あ、アスラ王国での話、憶えていてくださったんですね。ありがとうございます！」

「それぐらい憶えてるわ。エリスじゃないんだから」

剣神流の剣士と話す時は、できるだけ実直かつ、わかりやすい言葉を使うのが鉄則だ。

アトーフェほど理屈のわからない人々ではないが、イラついたらすぐに剣を抜くと思っていいだろう。こんな美人さんでも。

「もちろん、その話もあるのですが、今回はそれとは別件で、ギースという輩《やから》と戦うことになりまして……」

「ふぅん……」

「お忙しいかとは思いますが、ぜひとも剣神様に取りついでいただきたい」

ニナは難しい顔をしていた。

やはり、俺のようなどこの馬の骨ともわからない輩を、会わせてくれるわけがないか。

「一応、剣神様はこういったものがお好きということで、お土産も用意して参ったのですが」

しかし、俺にはこいつがある。

持ってきたのは、一本の剣だ。

いわゆる魔剣の類《たぐい》ではないが、百年前の名工クエルキンが作ったマイナーな一振りだ。

オルステッド曰《いわ》く、剣神は剣を集めるのが趣味で、何本も剣を蒐集《しゅうしゅう》している。

中でもこの一本は剣神にとって特別だ。

彼が若い頃、どうしても手に入れたくて、しかし入手しそこねたものなのだ。

この剣は十数年かけて持ち主を転々として、最後はアスラ王国の中級貴族の手に収まる。

その中級貴族は剣なんて使わない人生を送っている人物だ。特に何事もなければ、剣は貴族の屋敷の応接間に飾られ続けることになる。

俺はアリエルの名前を使ってその貴族に近づき、応接間であの剣を素晴らしいものだ、あんなものを飾っているなんて素晴らしい感性だと褒め散らかし、幾ばくかの恩と引き換えに、剣を譲ってもらった。

あとはこいつを剣神に差し出せば、交渉はすんなりいくはずだ。

「もう一度聞くけど、会いたいのはガル・ファリオンの方なのよね？」

「……え？　はい。そうですけど」

ガル・ファリオンじゃないほうの剣神なんているんだろうか。

「なら、ここにはいないわ」

「ああ、そうなんですか……今はどちらに？　いつ頃戻られます？」

「さぁ？　多分、戻らないと思うけど」

「んん？」

何か違和感を覚えて、エリスの方を見る。

すると、彼女もまた怪訝そうな顔をしていた。

「どういうことよ」

エリスが聞くと、ニナは真面目な顔でエリスを見返した。

口を開きかけ、しかし、眉根を寄せ、言葉が出てこない。どうやら、言いにくい事情があるようだ。痔《じ》の手術のためにアスラ王国の方に行ってるとかかな……？

「剣神ガル・ファリオンは……負けたわ」

「……誰に？」

「ジノ・ブリッツ」

エリスが目を見開いた。

ジノ・ブリッツは、確かエリスとニナよりちょっと弱い剣聖だったっけか。

オルステッド曰く、才能はあるらしいが、それが開花するかどうかは、場合によるそうだ。

……待てよ。そのジノ・ブリッツが剣神ガル・ファリオンに勝利したってことは、

「つまり、今の剣神はジノ・ブリッツさん？」

「そう。お父さん……いえ、元剣神ガル・ファリオンは敗北したその日に、ここを出ていったわ」

そして、どこにいるのかもわからない、と。彼女はそう言った。

「……」

また、言いにくい話をさせてしまったな。

自分の尊敬している父親が、自分より年下の剣士に負けた。それは政権交代を意味するだけではない。自分が下の人間に抜かされたということでもあるのだ。

「恥ずかしくて逃げたのね」

エリスがいきなりヤベェ煽《あお》り台詞《ぜりふ》をボソッと言った。

俺ですら、背筋がぞわっと総毛立つような言葉だ。

一秒後、エリスとニナが切り結んでいるシーンが目に浮かんだ……が、幻だった。予見眼には、穏やかに座り続けるニナがいるだけだ。

「そうね。そうだと思う。ジノは、ずっと未熟者だったから」

「……今は、違うの？」

「ええ、今は違う。今のジノは、誰よりも強い。私はそう思ってる」

そう言うニナの顔には、若干の怯《おび》えと、そして憧れのようなものが見えた。

それだけ、今のジノは強いということなのだろう。

しかし、そうなると、アテが外れたな。

少し失礼だが、ガル・ファリオンは諦めてジノ・ブリッツの方に接触を図るのがいいか。

しかし、ジノ・ブリッツの詳しいデータは、オルステッドから聞いていない。

手土産も用意していない。この剣でよければ差し上げるのだが、この剣自体はさして思い入れがなければ大したものではなく、渡してもそれほど喜んではもらえまい。

うーん。どうしようかな。剣神になるというぐらいだから、気性の荒い人物だろうし、失敗の可能性を考えて、ここは一度引いておくのが身のためだろうか……。

いや、せっかくここまで来たのだ。

一度ぐらい会って、話を聞いてもらったほうがいいだろう。気にいるかどうかはわからないけど、手土産自体はあるしな、贈り物をされて悪い気はしないはず。

「エリスは、ジノと戦う気はあるの？」

「……どういう意味よ」

「今、ジノを倒せば剣神になれる」

「そんなの、別にどうでもいいわ」

いつも通りのエリスの返事に、ニナはホッと息を吐いた。

「そう……そうよね。そうだと思った。安心したわ」

そういえば、前にオルステッドから聞いたことがある。

剣神となった者の中には、名前すら残らない者が多く存在する、と。

剣神は世襲制ではない。

剣神流の中で、最も強い者のことを指す。だから剣神は一度の敗北で、剣神としての地位を失う。

大抵の場合は敗北＝死だから、地位だけじゃなく命も失うわけなんだが……。

ともあれ、剣神と戦って勝てば、剣神となる。

あるいは、剣神が剣神流以外に敗北した場合は、門下生の中で最も強い者が剣神となる。

どちらの場合でも、剣帝と呼ばれる者が多いだろう。

そして多くの場合、剣帝は複数人いる。剣帝に勝るとも劣らない力を持った剣王もいるだろう。

となれば、おわかりだろう。

剣神の世代交代は、剣の聖地の内乱を意味する。

ガル・ファリオンの時もそうだった。

剣帝や剣王といった、ある程度横並びだった者たちが、新しい剣神に対して勝負を挑み、その地位を奪おうとするのだ。

あるいはその中には、一日だけ剣神だった人物も存在したりする。

あるいはジノ・ブリッツも、そうなる可能性がある。

「ニナは、ならないの？　剣神」

「私は……今は、考えられないわ」

彼女は片手でお腹を撫でながら、そう言った。

なんとも歯切れの悪い言葉だ。もしかすると、生理だったりするんだろうか……。いや、女がお腹を撫でてるからって生理とは限らないな。決めつけはよくない。便秘とかかもしれない。

ちらりとエリスの方を見ると、驚いた表情をしていた。

何か、想定外のことを言ったのだろう。

「そう……」

エリスは、少しだけ残念そうというか、寂しそうだ。

俺には、二人の関係はよくわからない。

エリスと同年代で、かつエリスと同じ目線で仲良くできる友達というのは、そう多くない。

ニナとの関係は、リニアやプルセナとの関係とは、また大きく違って見える。

だから、エリスがニナに対してどう思ったのか、いまいちわからない。

俺にわかるのは、ニナがジノ・ブリッツの味方なのだろうということだ。

彼女自身はジノよりも先に剣王になったし、ジノよりも年上だが……それでも彼を剣神として認めているのだろう。

そして今の返答を聞くまで、エリスのこともまた、ジノに勝負を挑みに来た剣神流の高弟の一人だと思っていたのだろう。

もし本当にそうであったなら、まずは自分が戦うと決めていたのかもしれない。

なぜなら、ニナはもう、右膝を立てた姿勢を崩し、正座へと座り方を移行させていたから。

「新しい剣神様に、ご挨拶をさせていただいても？」

「今はダメ。立て込んでるから」

「ですよね」

今、この剣の聖地には、世界中から剣士がやってきているはずだ。

剣帝や剣王が何人いるかはわからないが、分派のような者たちも、勝てそうなら挑もうと。

そして、並の相手であるなら、ジノを剣神と認めた人々……ニナのような剣士が露払いしているのだろう。

エリスも露払いのレベルなのか、と思うところだが、多分違うだろう。

あくまで説明をするつもりだったようだし。

まぁ、エリスをよく知っている人なら、エリスを放置してしまうと、そのままズカズカと奥に入り込んで、ジノに喧嘩を売ってもおかしくないと考えるだろうからね。

でもねニナさん。エリスは、昔よりずっと大人になったんだよ。

「ジノに話があるなら……そうね、しばらくすれば落ち着くだろうから、その時にまた来て」

「わかりました……あ、一応聞いておきますけど、ここにギースって男は来ていませんよね？　猿顔の魔族なんですけど」

「魔族？　多分来てないと思うけど」

「夢の中で、神を名乗る人物がでてきて、お告げを受けたことは？」

「……ないけど？」

何なの？　って感じでニナがエリスの方を見る。

エリスもまた「なによ」って感じでニナを見ている。

ごめんな、変な質問して。

「ないなら大丈夫です。その二人は酷《ひど》い詐欺師なので、もし現れたらご注意を」

「わかった」

剣の聖地は空振りか。

ガル・ファリオンの行方については後で調べるとして、ひとまずここはお暇《いとま》しとくか。

「さて、俺の用事は終わりだけど……エリスはどうする、もう少し見回っていく？　懐かしいよね？」

「別にいいわ」

あらそっけない。

でも、ニナはホッとした表情をしている。

今、この道場はかなり殺伐としているようだし、そんな中をエリスが闊歩《かっぽ》していたら、刃傷沙汰《にんじょうざた》になるもんな。

エリスは大人になったけど、売られた喧嘩を買わないほどじゃない。

「じゃ、また来るわね。ニナ」

「うん。エリス。今度はもう少し落ち着いてから」

二人は、やや穏やかにそう言うと、短く別れを告げるのだった。

★ ★ ★

道場を出た。

帰る時も、奥の方から何やら騒がしい音が聞こえてきていた。ジノが他の門下生と戦っているのか、あるいはジノのシンパが露払いをしているのか……。

エリスはその音を聞いたのか、ふと足を止め、振り返った。

腕を組み、足を広げたいつものポーズで、ムッとした表情をしている。

なんだろう、何か気に障ることでもしたかしら、と思ったが、俺の方は見ていない。道場の方を見ていた。

「どうしたの？」

「なんか、知らない場所みたいだったわ」

そういうエリスの表情からは、なんとも言えない哀愁が漂っていた。

エリスがこういう顔をするのは珍しい。消滅したフィットア領を目の当たりにした時も、毅然《きぜん》とした表情をしていたもんだが……。

いや、あの時はエリスも半ば覚悟はしていた。

今回は、懐かしく変わらない古巣に戻ってきたら、変わらないはずの場所が変わってしまっていたって感じか。

学校を卒業して、何年か経《た》ったある日、ＯＢとして部活に顔を出してみたら、メンバーも顧問も、空気感も目指しているところも変わっていて、自分の居場所はもうないんだと実感する感じか……いや、俺は部活とか入ってなかったから、漫画の知識だが。

「？」

ふと見ると、一人の男性が木刀を二本持って、道場から出てくるところだった。

道場破りに失敗して逃げてきたんだろうか……いや、道着姿だから門下生かな。あ、よく見ると、さっき入り口の雪かきをしていた人だ。

「エリスさん！」

彼は木刀をエリスの方へと投げつけてきた。凄《すさ》まじい速度で飛んできた木刀を、エリスはパシッといい音で掴《つか》み取る。

どうやら、エリスへのお礼参りらしい。

やっぱ何かやってたんじゃん。

「稽古、付けてもらっていいですか！」

と思ったら、彼はそんなことを言い出した。

「いいわ。かかってきなさい」

エリスもエリスで即答だ。

なんとなく俺は、数歩ほど離れた場所で、成り行きを見守ることにした。

ていうか、剣神流の会話は、言葉が短すぎる上、展開が早すぎて付いていけないわ。

「……」

エリスと門下生が互いに木刀を構える。エリスは上段、門下生は中段の構え。

俺としては、エリスがやりすぎてしまわないことを祈るばかりである……。

と、思った次の瞬間だった。

「シィッッ！」

鋭く息を吐く声と同時に、門下生の姿がブレた。ほぼ同時に、エリスもブレる。

カァンと、気持ちのいい音がして、気づいた時には門下生は膝をつき、彼の木刀が宙を舞っていた。先ほどまで門下生のいた位置にあった白い息がフッと消え、木刀がパサッと音を立てて雪に落ちた。

予見眼を開いていたお陰で、なんとか動きを追うことができた。

門下生が光の太刀を放ち、エリスがそれを返した。一瞬の攻防だ。

……てか、入り口で雪かきしてる若い兄ちゃんが、いきなり光の太刀を放ってくるとか、怖すぎる。

大丈夫だよね？　俺、まだ首ついてるよね？　実は廊下を歩いている時に首を刎《は》ね飛ばされてて、死ぬ間際に夢見てるとかじゃないよね？

「振り終わり、左の握りが弱いわ」

「えっ!?」

「だから剣を飛ばされるのよ」

「……はい！　ありがとうございました！」

門下生はそう言うと、片膝をつき、エリスに頭を下げた。

「ふん」

エリスは木刀を投げ捨てると、俺の方に歩いてきた。

「……何よ」

顔をまじまじと見ていると、ムッと口を尖《とが》らせて、睨まれた。

「いや、何も」

エリスは、先ほどと比べて、スッキリした顔をしていた。

そう、ここはこんな場所だった、とでも言わんばかりの顔だ。

「今はちょっとゴタゴタしているみたいだけど、きっとこのゴタゴタが終わる頃には、また元に戻ってるさ」

「どうでもいいわ。そんなの」

エリスはそう言ったが、少しだけホッとした表情をしていたのを、俺は見逃さなかった。

また来よう。ギースとの戦いを生き延びることができたら、また。

こうして、剣の聖地への訪問は終わった。

ぶっちゃけると空振りだったが……まぁ、こういう時もあるだろう。

ガル・ファリオンについては、剣神ではなくなったとはいえ、戦力としては申し分ないから、傭《よう》兵《へい》団の力を使って捜すとして、俺自身は別の人物を捜すとしよう。

次は、北神カールマン三世だ。

第八話「北神と冒険者と」

北神カールマン。

ラプラス戦役において魔神ラプラスを打倒した、魔神殺しの三英雄の一人。

しかしながら、北神カールマン一世は、甲龍王ペルギウスや龍神ウルペンに比べて地味なこともあり、さして有名ではない。

学校の歴史のテストで、魔神殺しの三英雄の名前を述べよ、という問題があったとして、出てこないのがこのカールマンという男だ。

しかし、この北神カールマンという名を有名にした者がいる。

それこそが、北神カールマン二世。名をアレックス・ライバックという。

彼は世界を旅し、いくつもの英雄譚《たん》を打ち立てていった。それは吟遊詩人や小説家によって物語にされ、世界各地で語られることとなった。

よくごっちゃにされるのだが、いわゆる北神英雄譚といわれるものは、概《おおむ》ね二世の活躍を描いたものなのだ。

一世の活躍は『ペルギウスの伝説』に出てくるが、どちらかというと脇役のイメージが強い。

ペルギウスの伝説に出てくる北神カールマンは、凄《すさ》まじい剣技を持つ剣士として登場する。

どれぐらい凄腕《すごうで》かといえば、あの魔王アトーフェラトーフェをたった一人で圧倒した、と言えば凄《すご》さがわかるだろう。

その剣技でペルギウスを幾度となく助け、七人で危険な旅を乗り越え、ラプラスとの最終決戦を生き残った……と、そんな感じだ。

十分凄いのだが、ペルギウスのように空中城塞《じょうさい》を操り、十二の下僕と共にラプラスの陣地に突っ込んだとか、龍神ウルペンのようにラプラスと一対一で戦ったとか、そういった目立つエピソードがあるわけではない。

ペルギウスとウルペンを、幾度となく、縁の下の力持ちのように助け続けたのが北神カールマン一世なのだ。

だが、彼の物語には続きがある。

ラプラス戦役後、ラプラス軍の残党が、各地で抵抗を続けていた時代。

北神カールマンはそのうちの一人、魔王アトーフェのところに単身で乗り込んだ。

長い戦いの末、カールマンはアトーフェを打倒。その後、何があったのかわからないが、アトーフェと結婚し、彼女を戦いから降ろさせた。

武闘派のアトーフェが勇者に打ち倒されたことで、残党は急激に力を失い、世界は平和になった。

真の意味で戦争を終わらせたのが、カールマンという男なのだ。

まぁでも、クレイジーなことだよな。

あのアトーフェを一騎打ちで倒して、そのまま結婚してしまうんだから。

ペルギウスの伝説ではマイルドに書かれていたが、実際はかなりヤバい人物だったのだろう。

とはいえ、その実力は折り紙付きだ。

あのペルギウスがめちゃくちゃリスペクトするのも頷《うなず》ける。

しかしながら、この北神カールマン、すでに故人である。

なぜなら、北神カールマンは人族。人族の寿命は短いのだ。

だが、結婚したアトーフェはご存知、不死魔族だ。俺よりロキシーやシルフィの方が長生きで、その血を継いでいる子供たちもまた長生きなのと一緒で、カールマンの子供もまた長命だ。

数々の伝説を残した北神カールマン二世はまだ生きている。

今もなお世界を放浪しながら、北神流を広めている。

が、実は北神カールマンはもう一人存在する。

それが北神カールマン三世。アレクサンダー・ライバック。

二世の息子で、ごく最近になって北神カールマンを襲名した、若手の剣士だ。

北神は、剣神と違い、たった一人しか襲名できないということもないらしく、二人とも現役のようだ。

一応、今の時代だと二世の方は半ば引退して、剣だけでなく様々な武器を使った戦い方を研究しているだとか、七大列強に数えられているのは三世の方だとか、様々な情報もあるが……。

やはり特筆すべきは、北神カールマン三世はヒトガミの使徒になる可能性があるというところだろう。

オルステッド曰《いわ》く、確率としてはかなり高めだそうだ。

ゆえに、捜すのは北神カールマン三世。

できればヒトガミより先に仲間に加え、すでにヒトガミの手に落ちていた場合、倒すのが俺の仕事となる。

オルステッドによると、彼がいるのは中央大陸の紛争地帯。

世界中を旅しながら、傭兵《ようへい》まがいのことをやっているらしい。

確実に俺より強い実力者だ。敵対しているかどうか、慎重に確かめ、戦うとなったら確実に勝てる方法を探していきたい。

いつも以上に、気を引き締めていこう。

というわけで、今回もエリスを連れ、中央大陸南部にある、紛争地帯へとやってきた。

紛争地帯。

なんとも物騒な呼称である。

この地域では、たくさんの小国、あるいは国とも言えないような集落・部族が、絶えず争いあっている。言ってみれば、この世界の戦国時代、といったところか。

その歴史を遡《さかのぼ》ると、四〇〇〇年前、ラプラス戦役終戦にたどり着く。

中央大陸における最も肥沃《ひよく》な土地である西部は、唯一滅びなかったアスラ王国がそのまま支配したわけだが、それ以外の場所、西部ほどではないが肥沃な土地である中央部と南部は、当初誰の土地でもなかった。

そんな豊かな土地を求めて、生き残った人々が流入し、そこで好き勝手に国を立ち上げ始めた。

しばらくはそれでも争いなどなかったが、それぞれの国が力をつけ、国境線が接触し始めると話は別となる。最初は小競り合いから始まった戦争は、あらゆる国を巻き込み、紛争時代の幕開けとなったのだ。

そんな時代からいち早く抜け出したのが王竜王国。

王竜王国の首都がある場所は中央大陸南部においてそれほどいい場所ではなかった。

★
★
★

土地としての価値はさておき、王竜《キングドラゴン》の縄張りとかぶっていたからだ。

しかし、王竜王国は討伐隊を組織し、王竜《キングドラゴン》を追い出し、彼らの縄張りであった山を手に入れた。

彼らは、大量の鉱物資源を手に入れ、一気に中央大陸南部最強の国となったのだ。

中央大陸南部の織田信長《おだのぶなが》である。

さて、王竜王国はそのままの勢いで、南部全土を手に入れようと、侵略の手を伸ばした。

今では名も残っていないような沿岸部の国を軒並み滅ぼし、サナキア、キッカを攻めて属国とし、シーローン王国まで手に入れることができた。

そのまま、シーローン王国を足がかりに、紛争地帯へと攻め込み、一気に制圧。王竜王国は世界最強の国になる……となる流れだったのだが、待ったをかけた国がいる。それも二つも。

そう、アスラ王国とミリス神聖国である。彼らは王竜王国に対し、お前そのまま侵攻したらワイらも黙ってないで、という圧力をかけ、互いに紛争地帯には手を出さないという協定を結ばせた。

とはいえ、どの国も中央大陸の中央部という土地は欲しい。

というわけで彼らは思いついた。紛争地帯の覇者を裏から牛耳ろう、と。

紛争地帯の勝国を、そのまま属国にしてしまえばいい、と。

その後は泥沼の戦争だ。

紛争地帯では各国のスパイが暗躍し、どこかの国が力をつけて中部統一の動きに入ったりすれば、互いに足を引っ張り合い、内乱を起こさせて国を瓦解《がかい》させる。

瓦解した国は分裂するか他の国に攻め滅ぼされ、統一の夢は泡と消える。

とはいえ、三国にとってはそれでも問題ない。紛争地帯は軍事輸出産業の一環でもあるため、統一し統治できなくとも、大きく損はしないのだ。また別の、将来有望そうなところにスパイを送り込むだけである。

つまり、紛争地帯の裏で繰り広げられているのは、大国の冷戦というわけだ。

転移事件でここに転移してしまったフィリップとヒルダが、スパイと間違われて拷問の末に死んだというのも、こういう裏事情が関係している。

もちろん、俺も気をつけなければならない。

一応、事前にミリスの神子《みこ》に根回しをし、ミリスの教導騎士団が持っている通行手形を手配してもらった。

これを使えば、各国の国境を通るぐらいなら、簡単にできるはずだ。

ミリスの海外出張喧嘩《けんか》部隊であるミリス教導騎士団に喧嘩を売るマヌケは、そうそういないはずだから。

が、油断は禁物だ。

現場の人間が「こんなもの偽物だ」と言えば、その場ではそれが真実になったりすることもあろう。現地国の人間からすると、裏から操られるなんて冗談ではないのだから、怪しいヤツを見かけたら速攻で排除だろう。

つまり、紛争地帯においてアスラやミリスに後ろ盾があるような言動をするのは、逆効果となるパターンが多いということだ。

なので今回、俺は冒険者という設定で動くことにした。

エリスと二人、剣士と魔術師のコンビ。Aランクの冒険者コンビが、迷宮を探りにここまで来たとか、そういう感じだ。

北神カールマン三世も冒険者だそうだし、接触を図るにはちょうどいいだろう。


というわけで、俺たちは紛争地帯にあるガルデニア王国の町キデへとやってきた。

中央大陸らしい、肥沃な土地の恩恵を受けた、立派な町だ。

とはいえ、やはり紛争地帯の小国。

建築物はアスラ王国や王竜王国より、二〜三ランク古そうに見えるし、下水がないのか道を歩けば糞尿《ふんにょう》の臭《にお》いがしたり、道行く人々の目が死んでいたり、鎧《よろい》姿の集団が目を光らせながら歩いていたり……正直、あまり長居したくない感じだ。

オルステッド曰く、北神カールマン三世は今の時期、このあたりを拠点に動いていることが多いらしい。

なんでこんな危ないところに？　と思うが、どうやら彼は英雄願望があるらしく、こういう『何か起こりそうなところ』に好んで滞在したがるそうだ。

ともあれ、彼は冒険者の中では、知る人ぞ知る有名人だ。

なにせ、世界に数えるほどしかいない冒険者ランクＳＳ。冒険者ギルドから認定を受けた冒険者の最高峰。本人も目立ちたがり屋で、自慢屋で、何にでも首を突っ込みたがる主人公タイプ。

つまり冒険者ギルドに行って聞けば、自《おの》ずと情報が得られるだろう人物である。

★　★　★

キデの冒険者ギルドは、なんともくたびれて見えた。

建物自体が比較的古いというのもあるのだが、至るところに修繕の跡があり、全体的に汚い。

死線をくぐり抜けてきた歴戦の顔をしているとも言えるが、俺には疲れ果てているように見えた。

「だから、あたしは今のうちに動くべきだって言ってるの！」

ガタついた扉を開いて中に入ってみると、唐突にそんな声が聞こえた。

女の声だ。

懐かしい、聞いたことがある声。もうすっかり忘れたと思っていたが、聞けばああそんな声をしていたなとすぐに思い出せる。

しかし昔と違い、どこか落ち着いていて、大声でありながらも、理性的に感じる。

「無理だよ。戦線が近いんだ。絶対に巻き込まれる」

「でも、あなただってわかってるでしょ」

見れば、懐かしい顔がいた。

肩口まで伸ばした金髪はそのままで、やや背が伸びただろうか、いや、変わらないかもしれない。

顔立ちは前よりずっと大人びていて、もうすっかり大人の女って感じ。

服装は前よりも高価かつ高性能なものを身につけているようだが、鎧は傷だらけ、背中に背負った冒険者には珍しい弓も、遠目には昔のままだが、よく見ると物々しい複合弓になっていた。

最初に出会った時はまだ駆け出しで、周囲にナメられまいとする、突っ張った感じを受けた。

次に会ったのは、魔法都市シャリーア。アリエルの護衛の依頼を受けて、偶然にも鉢合わせた。

その時には、中堅という印象を受けた。

「今、このタイミングで動いても、国境で必ず軍隊に見つかる。それはガルデニア軍か、ネクリーナ軍かわからないけど、そうなればアタシたちがどうなるか、なんて、言わなくてもわかるよね？」

「でも、動かなければネクリーナ軍がこの町を攻め落とすかもしれない！」

「そうはならないかもしれない」

「今から移動したら、見つからないかもしれないじゃん！」

久しぶりに見た彼女は、ベテランの風格を備えていた。

パーティリーダーらしき女性と、対等に意見を交わしている。

喧嘩腰にも見えるが、その声音は非常に落ち着いて聞こえる。見れば、他のメンバーも、かつて見たような、浮ついた雰囲気はない。かといって、絶望に沈み、青い顔をしているわけではない。ましてや、リーダーたちが結論を出すのを、ただただ待っているわけでもない。

全員が落ち着いて、二人の意見を聞いている。考えている。自分たちに置かれた状況と、それを打破する行動を。

こういう気配のパーティは、以前にも見たことがある。

確かあれはそう、迷宮に入る前のSランクのパーティだったか……。

ああ、『黒狼《こくろう》の牙』もそうだったかもしれない。パウロはこんなに落ち着いてなかったが……。

ともあれ、やはりSランクに到達するようなパーティは、寄せ集めではなく、一致団結感があるものだ。

「あ」

などと考えていると、メンバーの一人、指先でくるくると髪を弄《もてあそ》んでいた子がこちらを向いた。

髪をツインテールに結んだ魔術師。

見覚えがある。確かアリサだったか。ロキシーに懐《なつ》いていた子だ。

ロキシーを称賛する者の存在を、俺は忘れない。当時はたしか十五歳ぐらいだったか、周囲の他のメンバーをおねーさま、おねーさまと言って慕っていたのを憶《おぼ》えている。

今はもう、子供っぽい感じはない。古参らしい感じを醸し出しつつ、どっしりと座ってる。服装も昔のキャピキャピしたものではなく、やり手の魔術師といった風情。俺と彼女を並べて立たせれば、きっと彼女の方が頼りになりそうだと思う者も多いだろう。

あれから五年も経《た》ったのだから。当然か。

「サラの昔の男だ」

彼女がポツリとそう呟《つぶや》くと、彼女ら全員が一斉にこちらを向いた。

女性の視線も、最近は慣れた。

なんでかな。毎日のように嫁に睨《にら》まれてるからかな。特に、俺の後ろで仁王立ちしてるのに。

あと、エリス、あまり強い視線で俺を睨まないでほしい。昔の男ではないから。そこまでいかなかったから。当時はむしろエリスの方が昔の女って感じだから。

「ルーデウス!?」

サラ。

かつて、俺がまだ若かりし頃……具体的に言うとエリスと別れてEDをやっていた時、お世話になっていたパーティにいた弓士の女の子。

「久しぶり」

かつて俺と恋人になりかけた人が、そこにいた。

★　★　★

サラたち『アマゾネスエース』は、ある依頼を受けて、この町までやってきたらしい。

依頼内容は手紙を届けるという、ごく簡単なもの。

手紙の配達という依頼は、冒険者ギルドによくあるもので、基本的には距離や、届ける場所によって難易度が変わるが、基本的に報酬は安い。

サラたちの受けた手紙の配達依頼は、配達にしては報酬が高く、前払いの料金もあったらしい。

届け先が紛争地帯ということで、かなり迷ったが、ちょうど資金に困っていた彼女たちはその依頼を受けることにした。

実際、簡単な依頼だった。

サラたちは五日ほどかけてここまで旅をし、手紙を届けることに成功した。特に困難もなく、ちょうどいい休暇になるような、そんな依頼だった。

が、予想外だったのはその直後だ。

サラたちが町に到着した、ちょうどそのタイミングで、ガルデニア王国とネクリーナ王国間の戦争が激化したのだ。

国境は封鎖され、サラたちはこの国に足止めされることとなった。

戦争中の国というのは、冒険者にとってあまり良い環境ではない。

治安も悪いし、依頼も減るし、ギルドから傭兵まがいの強制依頼が来ることもある。そういった強制依頼は、報酬こそいいものの致死率が非常に高く、普段から傭兵まがいの活動をしている冒険者以外は好んで受けたがらない。

『アマゾネスエース』は、ベテランではあるものの、人殺しが得意なパーティではない。

できる限り早く、この町から離れたいというのが正直な話だった。

とはいえ、無理に国境を抜けようとすれば軍に見つかる。

各地を旅する冒険者は情報の宝庫だ。ガルデニア軍は自国の情報を流したくないし、ネクリーナ軍は喉から手が出るほどその情報が欲しい。

どっちの軍に見つかっても捕まるし、『アマゾネスエース』は女ばかりが集まったパーティだ。

捕まればどうなるのかも、想像に難くない。

「というわけで、にっちもさっちもいかなくなっている、ってわけさ」

サラがそう言って肩をすくめた。

彼女は今、『アマゾネスエース』のサブリーダーを務めているらしい。

当時リーダー格だった女性のうち、片方は死んでしまったのだそうで、その時に一番ベテランだったサラがサブリーダーを務めることになったそうな。

切ない話だが、冒険者というのはいつだって死と隣り合わせだ。仕方あるまい。

さて、ともあれサラたちは困っているらしい。

もちろん、俺としては助けるのはやぶさかではない。今の仕事が忙しいからと昔の知人を見捨てた挙げ句、後々に彼女らが酷《ひど》い目にあって死んだ、なんて聞いたら俺の胃にブラックホール並みの穴が開く。

「そういうことなら力になるよ。大きな声じゃ言えないけど、ミリスの通行手形があるから、国境を通り抜けるぐらいならなんとかできると思う」

そう言うと、彼女らの顔がパッと明るくなった。

「いいの？　あたしら金欠気味だから、お礼もほとんど出せないけど」

「別に金はいいよ。その代わり、別のものをもらおうかな」

ちょっとイタズラ気味にそう微笑《ほほえ》んでみると、『アマゾネスエース』の面々の表情がこわばった。

サラも、ちょっと怖い顔をしている。

が、サラだけはやがて表情を崩し、苦笑した。

「わかったよ。けど、ここには男嫌いの子も多いから……あたしで我慢してよね？　もっとも、あんたがあたしで勃つのかは疑問だけどさ」

「いや違うし！　俺が欲しいのは情報だよ！　なんだよ皆して！」

そんな下卑た顔に見えたんだろうか。

ショックだ……。最近は結構、笑顔とかうまくなってきていると思ったのに。

「俺には愛する妻が三人もいるんだから、女性は間に合ってます！」

「そう？　残念。あの日のやり直しができると思ったのに」

サラだけは、俺の顔が冗談だとわかってくれたらしい。

いや、顔で冗談言ったつもりはないんだけどな。

「妻の前でそういう冗談を言うのはやめてくれよ……ねぇ、エリス」

そう言いつつ、後ろでいつものポーズで立っているエリスを振り返ってみる。

エリスはフンと鼻息を一つ。

「ルーデウスは私の胸だって触らないようにしてるんだもの。そんなこと言うはずないわ！」

フフ、これが日頃の行いからくる信頼ってやつだよ。

そうさ。俺は女には困っていないんだ。いざとなればエリスの胸を揉《も》めば、スッキリした目覚めで朝日を拝めるんだから。あれ？　でもそれはエリスの信頼を失う……？

と、エリスがそう言ったことで『アマゾネスエース』の面々も、「なーんだ」って顔をしている。

一件落着。

……と思ったら、サラだけが怖い顔をしていた。

「エリス？」

「……なによ」

「ルーデウスを捨てたっていう、あのエリス？」

あっ……と。

「捨ててないわ」

「そう？　ルーデウスは捨てられたって言ってたけど、よりを戻して結婚までしたんだ？」

エリスも、敵意を向けられたのに気づいている。

なんだぁてめぇ、って顔してる。これはよくない。実によくない。

ダメだサラ、それは喧嘩を売っちゃいけない相手なの。冗談では済まないの。

「サラ、やめなって。喧嘩したところで、昔の男は戻ってこないよ」

「違う、そんなんじゃない！」

アリサの言葉で、若干ながら笑いが起きた。場が弛緩《しかん》し、ホッと一息をつく。

「あの、サラ。その件に関しては、深い事情がありまして……行き違いというか、端的に言うと俺の勘違いで……」

「わかってる。そうじゃなければ、あの怖い護衛の奥さんが黙ってないでしょ」

怖い護衛の……シルフィのことか。

まぁ、そうだね。そうかも。シルフィは俺が重婚するのを許してくれてはいるが、その相手への基準は厳しかったりもするらしいし。ロキシーとエリスはいいけど、ナナホシはダメみたいな厳格なやつがあるらしいし……。俺は反省と感謝しきりだが。

「ま、後で詳しい話は聞かせてもらうけど……で、その情報って？」

話が元に戻ってくる。

胃の痛い時間は終わりだ。もう二度と来ないでほしい。

「ああ、実は北神カールマンを捜しててね。この辺を拠点に活動してるって聞いたんだけど……」

「北神カールマン!?」

と、叫びながら立ち上がったのは……知らない子だ。

年齢は十八歳ぐらい。栗色《くりいろ》の髪をした、活発そうな子だ。腰に剣があるところを見ると、剣士か戦士。前衛だな。前回はいなかった子だ。新メンバーだろうか。

「はいはい、私知ってます！　超ファンなんです！」

「おお！」

ファンとかいるんだ。

そりゃそうか。ＳＳランクの冒険者だもんな。

「このあたりにいたのは三年くらい前までで、ハンマーポルカの方に移動したって噂《うわさ》を聞いたことがあります！」

三年前か。ファンにしては情報が古いが……まぁ、そんなもんか。

この世界では、インターネットで有名人のイベントを追っかけられるわけでもないもんな。

「ハンマーポルカはマルキエン傭兵国！　ここから南の方角で、おや!?　なんとネクリーナ王国と逆側ですね！　私たちも国境を抜けて安全な南に行きたい！　つまり、これは渡りに船ってやつじゃないですか!?　ね、サブリーダーの昔の男さん!?」

なんか調子良さそうなこと言い出した。

まぁ、嫌いじゃないよ。こういう子も。アイシャみたいで。

でももしかすると、この子、これが言いたいだけで、北神カールマンのファンじゃないのかもしれないな……。

まぁ、情報は別でも集めていくんだが。

「別に逆側でも君らを送るぐらいはするつもりだけどね……」

「本当ですか！　さすがサブリーの昔の男！　太っ腹！　サブリーのデブったお腹と交換したい！」

その言葉で反射的にサラの腹を見てしまう。

即座に隠された。

「デブってないから」

今日イチで怖い声音だった。危うくエリスの後ろに隠れるところだった。

まぁ、どれぐらいデブったかはわからないけど、前世の俺ほどじゃないよ。うん。

「とりあえず、ハンマーポルカに向かおうか」

こうして、俺とエリスは『アマゾネスエース』の面々を引き連れて、国境を抜けることとなったのだった。

★　★　★

結論から言うと、国境はすぐに抜けることができた。

冒険者が教導騎士団の通行許可証を持っていることを見咎《みとが》められるかと思い、言い訳も用意しておいたのだが、彼らは通行証を見ると、顔を引きつらせ、あっさり通してくれた。

それどころか『アマゾネスエース』の面々も顔を引きつらせていた。

「それ、盗んできたものじゃないよね？　大丈夫だよね？」

「大丈夫だ。問題ない」

そんな言葉が出るぐらいには、この通行証はヤバイものらしい。

この中央大陸でミリス教導騎士団を騙《かた》れば……すなわちミリス教団を敵に回せば、いかなる結果を招くのか、みんな知っているということだろう。

俺も、未来の日記ではミリス教団にザノバやアイシャを殺されているから、なんとなくわかる。

でも、この許可証に関しては、大丈夫なはずだ。

なにせ、神子経由で手に入れたものだし。

本当に盗んだものじゃないから……。

「そこの冒険者。止まれ！」

なんて考えながら街道を歩いていると、そんな声が聞こえた。

振り返ると、国境の方から三頭の馬が走ってくるのが見えた。もちろん、馬が叫んだわけじゃない。ノコパラじゃあるまいしな。言ったのは馬に乗っている騎士だ。

彼らは俺たちに追いつくと、馬の上から無遠慮にこちらを見下ろしてきた。

ミリス神聖国の国旗が刻印された、銀色の鎧。

ミリス教導騎士団だ。

それを見た瞬間、『アマゾネスエース』の面々の顔が真っ青になった。「どうする？　どうするの!?」なんて言い合いつつ、サラが腰の短剣に手を伸ばしている。

見れば、エリスも戦闘態勢だ。

ひとまずそれらを手で制しつつ、前に出る。

「何か？」

「我らミリスの通行証を持っている者がいたとの連絡があった。そなたたちで間違いないか？」

「はい。そうです」

「我らは諸君らのような者がいると連絡を受けてはいない。検分させてもらう！」

おいおい、国境で通行許可証を使ってから一時間だぞ？

早すぎるでしょ。

教導騎士団はどこにでもいるってことか？　怖ぁ……。

「もちろん、問題ありませんよ。どうぞ」

そう言って、通行許可証を彼らに見せる。

騎士の一人はひったくるようにそれを奪うと、まじまじと見た。

彼は驚いたように面頬《めんぼお》を上げ、俺の顔と通行許可証とに視線を行き来させた後、隣の騎士にボソボソと話しかけた。

隣の騎士は懐から魔術初心者用の杖《つえ》のようなものを取り出すと、許可証をそれでつつく。すると杖の先端についている宝石が、青白く光った。

彼らは互いの顔を見合い、頷くと、馬を下りた。

そのまま、膝をつき、通行証を恭しく差し出してきた。

「神子様の使いと知らず、ご無礼を！」

よかった。疑いは晴れたらしい。

「いえいえ。お仕事、お疲れ様です」

通行証を受け取る。ミリスの紋章とかハンコみたいな模様がいくつか並んでいるだけに見えるが、彼らにはコレが神子のものだとわかるらしい。杖を使ったのは、本物かどうか確かめるためか。

それにしても、見ただけで偉そうな騎士たちが膝をついてハハーするなんて、まるで越後のちりめん問屋の印籠だな。

「しかし、神子様の使いが、いかなる用件でこんなところに？」

「……ある人物を捜しておりまして」

「お聞きしても？」

「北神カールマン。ご存知ありませんか？」

「北神は、今はこのあたりにはいません。かなり前にハンマーポルカの方に移動したという噂は聞きましたが、最近はそちらからも移動したそうで……現在は消息不明です」

あらマジか。

移動したのが三年前って話だから、まぁ、次の町に移動していてもおかしくないな。

「それと、ギースという猿顔の魔族も捜しているのですが」

「魔族を？　何のために？」

瞳の奥がギラリと光った気がした。怖いなぁ。

「まぁ……敵なので、倒すために」

「なるほど！　名前まではわかりませんが、猿顔の魔族は、現在ハンマーポルカにて目撃されています」

有益な情報だ。

もちろん、ギースがこんな簡単に見つかるとは思えないから別人だとは思うが……とはいえ、偶然こういうところで鉢合わせって可能性もあるだろう。

あいつはあいつで動いているだろうからね。

「必要とあらば、今から早馬を送って捕らえますが？」

どうしようかな。本当にギースだった場合、俺に捕捉されていると気づいて、逃げてしまいやしないだろうか。

うーむ。

「騎士団は何人ぐらいいます？」

「ハンマーポルカであれば、十人は」

「じゃあ、お願いします」

「ハッ！」

騎士が、隣の騎士にくいっとアゴで合図。

隣の騎士は即座に馬に飛び乗ると、そのまま俺たちが向かっていた方向へと走り去っていった。

なんか悪いな。実際には、ミリス教団のお仕事ってわけでもないのに。

「では、我々は任務に戻ります」

「あ、はい。ありがとうございました」

「ハッ！　……しかし、失礼ながら、あなたもミリス教徒であるなら、そのように女性ばかりを引き連れて行動するのは、いかがなものかと」

「ああ……」

外から見ると、俺がハーレム状態に見えるってことか。

この中で俺が触れていい女性は一人だけで、その女性も触れればパンチが飛んでくるんだが……。

とはいえ、ここでミリス教徒ではないと言うと、ややこしくなりそうだ。

「彼女らは、護衛として雇っただけですよ」

「で、ありましょうが、しかし」

「双方にその気がないのなら、男も女も関係ないでしょう？　逆にその気があったとしても、男でも女でも関係ない……違いますか？」

「っ！　その通りです！　失礼しました！」

アスラ王国には男色も多く存在している。

イケメンが男の子を囲ってハーレムを作っていたりもするのだから、関係ないだろう。

幸いにして、ミリスには男色を禁止する戒律はないんだから。ハーレムがダメなだけなのだ。

男が男を大量に囲い込むのも、女が男を大量に娶《めと》るのもダメなのだ。

男女平等ってやつだね。

「では、失礼します！」

騎士たちは、何かいいことを聞いた、とでも言いたげな顔で去っていった。

ともあれ、難は逃れたようでよかった。後々ミリス教徒ではないと知られても、嘘《うそ》はついていないし、きっと大丈夫だろう。

「……なんだよ」

「いや、本物だったんだね、それ」

「俺が偽物を使って誰かを危険に晒《さら》すとでも？」

「だって普通は手に入れらんないものだしさ」

「ま、そういう仕事をしているからね」

オルステッドコーポレーションは、未来を見据える会社です。

なので皆様の未来を守る大企業の社長とかには、ツテが作られているのだ。

「ふぅん……なんか、知らない間に偉くなったんだね……」

別に偉くはないと思うがね。

★★★

その日の晩、街道のそばで野宿をした。

焚《た》き火を二つ作り、それぞれの焚き火を見張るように、二人ずつ番をする。

特に誰かが提案したというわけではなく、『アマゾネスエース』の面々が自然とそう動いた。

男嫌いな娘もいると言っていたから、俺と寝る場所を多少なりとも離そうというのだろう。

もちろん、俺もそれでへそを曲げたりはしない。

キャバクラで目当ての子が席に来ないオッサンじゃあるまいしな。

俺の隣にはエリスが寝ているんだから、それで十分さ。いざとなったらポケットの奥にロキシーもいることだしね。

ま、こっちとしても、『アマゾネスエース』の面々を全員、全面的に信用しているわけでもない。

こういうところにヒトガミの使徒が潜んでいたりすることもあるだろうしな。

見張りを彼女らに任せることなく、俺とエリスは交代で起きているとしよう。

そんなエリスは、木を背に、剣を抱えつつ、座るような姿勢で寝ている。

昔、ルイジェルドがよくやっていた、かっこいい寝方だ。いつの間に習得したのだろうか。

しかし、寝顔はというと、どうにも緩んでいる。

普段は寝ている時でも結構キリッとしているが、今日はやけにニヤけている。

何かいい夢でも見ているのかもしれない。最近のエリスはクールな感じになってきて、あまり感情を強く外に出さなくなってきたが、根っこの部分では変わっていないだろうし。

エリスが昔より大人になったのは嬉《うれ》しいことだけど、少しだけ寂しく感じる。

それはさておき、そろそろ見張り交代の時間なんだが……起こすのは忍びないな。

「お疲れ」

そう考えていると、俺の隣にポスリと音を立てて誰かが座った。

サラだ。

彼女は両手に湯気の立つカップを持っていた。その片方を、「ん」と俺の方に差し出してくる。

「ありがとう」

とりあえず受け取る。透明感の強い赤い液体が入っている。見たことないな。トマトスープではなさそうだが……嗅いでみると、ツンとした匂いがする。かなり辛そうだ。

「これは？」

「アリサ特製の眠気覚ましスープ」

なるほど、眠気覚ましか……。

毒とか入ってないよな？

「いただきます」

サラの目の前でいきなり解毒魔術なんて使ったら、めちゃくちゃ機嫌悪くなるだろうし、ひとまず一口はそのまま飲むか。

そう思い、チビチビと舐《な》めるように飲んでみた。

少量だが、口の中に香ばしい味が広がった。飲み込むとやや遅れて、ピリリと口の中に刺激が残った。辛いものを想像したが、意外にそうでもなかった。さらに数秒後、胃と喉のあたりがポカポカと温かくなってきたのを感じる。生姜湯《しょうがゆ》を飲んだ時に似てるかな。

「美味《おい》しい」

「でしょ？」

サラはクスッと笑いつつ、自分もスープをゆっくりと飲み始めた。

まぁしかし、サラさん、近すぎやしないだろうか。ちょっと体を傾けたら、肩が触れ合ってしまいそうな距離だ。

俺が意識しすぎなんだろうか。

「ルーデウスはさ」

と、サラが口を開いた。

「今、何やってるの？」

「何って？」

普通に女の子が近くてドキドキしているわけだが……いや、言い訳をさせてくれ。確かに俺には三人の嫁がいる。浮気はすべきではないと思っている。禁欲のルーデウスでもある。

けど、美人に隣に座られてドキドキしてしまうのは仕方ないと思うんだ。

俺はポケットの布を握りしめ、祈る。

神よ、我に力を！

「あたしさ、ルーデウスはシャリーアで、魔術ギルドかどこかに所属して、研究とか、教師になって誰かに魔術でも教えてるんじゃないかって思ってたんだよね」

「俺が教師？」

「教えるの、うまかったじゃん」

そうだったただろうか。俺はサラに何かを教えただろうか。あまり記憶にない。

「もしくは、奥さんと一緒にアスラのアリエル王女様の護衛をやってるとか……あ、確か、あの王女様、何年か前に王様になったんだよね？　アスラにいなかったから、詳しくは知らないけど」

「うん。俺もそれに関しては手伝ったよ」

「手伝った……ね……でも、別にアリエル王の臣下になったわけじゃないんだ」

ああ、何やってるかって、そういうことか。

「俺は別の人の配下になったからね」

「別の人？」

「龍神オルステッド」

「龍神？　七大列強の？」

お、七大列強を知っているらしい。冒険者の中では、あまり有名ではないらしいのだが。

「そうそう。今はその人の下についてて、その人の手先として各地を暗躍してるんだ」

「……手先として暗躍って。何があったらそんな人の配下になるのさ。あんたが自分を売り込んだの？ 自分は役立つからぜひ配下に〜って」

「そのあたり、話すと長くなるんだけど」

「聞かせてよ。まだ起きてるんでしょ？」

そろそろエリスと交代するつもりだったが……まぁいいか。

「そうだなぁ、どっから話したもんか……」

それからしばらく、昔話をした。

ヒトガミのことに始まり、そのヒトガミの助言を受けながら旅をしてきたこと。

ある時、ヒトガミの助言を受けて地下室に行こうとしたら、未来から自分がやってきたこと。

ヒトガミの言う通りにしたら破滅すると知ったこと。

でももう手遅れで、ヒトガミに脅迫され、龍神オルステッドと戦うハメになったこと。

精一杯準備をして挑んだけど、勝てなかったこと。

必死に命乞いをして、家族だけは助けてくれと懇願して、ダメだと言われたこと。

エリスが助けに来てくれたこと。

死にかけているところ、オルステッドから、俺の側につけと提案され、それを承諾したこと……。

「それから、俺の暗躍人生が始まったってわけよ。アスラ王国でアリエルを王様にするために頑張ったり、シーローン王国で戦争に参加したり、ミリスで神子を誘拐したり、魔大陸でお姫様になったり……」

「昼間言ってたギースっていうのは？」

「ヒトガミの手先。今、俺はそいつを倒すために戦力を集めているんだ。北神カールマンの勧誘もその一環だね」

「ふぅん……」

いつしか、カップの中身は空だった。

水魔術があるから、喉が乾くことはなかったが。

「オルステッドとの出会いは、ルーデウスにとっていい出会いだったんだね」

「そうだね。本当に、オルステッドに会えてよかったと思うよ」

「どういう人なの？　今の話からすると、すごく優しくて器が大きい感じはするけど？」

「一言で言い表すと、そうだな……」

思い浮かぶのは、オルステッドとの思い出。事務所を立ち上げた時、アスラ王国に一緒に行った時、クリフと一緒に呪いの、いやさ解呪の兜《かぶと》を作った時、そのどれでも彼は……。

「顔が怖い」

「ぶふっ！」

サラが吹き出した。でも仕方ない。我が社の社長は優しくて器も大きくて包容力も貫通力もあるが、顔が怖いのも事実なのだから。

思い浮かぶのは、オルステッドの怖い顔ばかりだ。

「く……ふふ、あは……なにそれ……それだけお世話になってるのに、顔が怖いの……？」

「いや、本当に顔が怖いんだよ。あと呪いのせいで皆に嫌われてる」

「くっふ……！」

ツボに入ったらしく、サラはしばらく腹を抱えてうずくまっていた。大声で笑い出さないのは、寝ているみんなへの配慮だろう。

「あー……面白い」

「エリスとも、オルステッドと戦うことになったから、ヨリを戻せたんだ。だから、オルステッド様は俺にとって恋のキューピッドでもあるね」

「顔は怖いのに？」

「顔は怖いのに」

サラはまた笑った。抱腹絶倒だ。咳《せ》き込んでる。そんなに面白かっただろうか。最近の若い奴のツボはわからん。

「……はーぁ」

ひとしきり笑った後、サラは大きく息を吐いた。

そして、俺の方を見た。気のせいか、それとも焚き火の光に当てられてか、顔が赤く見える。

愛の告白かも……されたら断ろう。男らしくかっこよく。俺には妻と夫がいるんだと。

そう冗談めかして考えつつも、俺の体は硬直していた。

「ルーデウスは変わったね。王女様の護衛の時より、もっとさ」

サラの目が潤んでいる。美しく、可愛《かわい》い。けれども、俺の息は浅くなり、額に汗が流れているのがわかる。咄嗟《とっさ》にポケットに手を突っ込み、御神体を握りしめた。

「つと、もうこんな時間か。結構話し込んじゃったね。あたしはそろそろ交代するよ」

「あ、うん」

サラがすっと離れていった。

……ほっと息をついた。

なんか、サラとそういう雰囲気になると、身構えてしまうな……やっぱ、ＥＤが発覚した時の、あのショックを体が憶えているのかもしれない。

「……」

と、先ほどまでサラが座っていたのとは逆側に、誰かが座った。誰かなんて、言わなくてもわかる。先ほどから、ずっと視線を感じていたのだ。

「エリス、いつから起きてたの？」

「オルステッドが恋のキューピッドってところよ」

「オルステッドがキューピッドだったら、どう思う？」

「気持ち悪いわね」

あらストレート。まぁ、オルステッドの呪いの影響下にある人からすれば、そりゃそういう感想も出てくるか。

「でも、お陰でルーデウスのそばにいられるっていうなら……か、感謝してやってもいいわ」

エリスはそう言って、俺の肩に頭をのせてきた。

ん～、愛を感じるね。

「エリス」

「何よ」

「膝枕して」

「……仕方ないわね」

俺はエリスの膝に頭をのせる。

先ほどまでの体のこわばりが消えて、汗も引いていくのがわかった。

もしかすると、エリスは俺が追い詰められていると見て、助けに来てくれたのかもしれない。

「朝まで私が見張るから、ルーデウスはこのまま眠っていていいわよ」

「ん。ありがとうエリス」

エリスの太もも。やや硬いが、しかし安心する。アルスでもジークでもないほうの息子も、「どうやら危機は去ったようだ」と言いつつ、首をもたげ始める。危機は去ったとはいえ君の出番はないから、大人しくしていたまえ。

そんなことを思いつつ、俺は眠りに落ちるのだった。

★　★　★

翌日、街道を歩いていくと、遠目にもわかりやすい、大きなモノリスのような一枚岩が見えた。

さらに近づいていくと、その麓《ふもと》に人里があり煙が上がっているのがわかった。

ハンマーポルカだ。

この町は、マルキエン傭兵国の端に位置する町だ。

町の入り口までやってくると、鉄製の看板が立っていた。

『鍛冶《かじ》の町ハンマーポルカ』

そう、この町は鍛冶が盛んな町だ。

あの巨大な岩石の下から良質な鉄鉱石が採れ、ここの住人はその鉄鉱石を加工し、他国に輸出することで生計を立てている。

町に入ると、炭鉱族《ドワーフ》の集落さながら、鉄を打つ音が聞こえてきた。

しかし、実を言うと、この町を鍛冶の町と呼ぶ者は少ない。

人々はこの町をこう呼ぶ。

『傭兵の町ハンマーポルカ』

マルキエン傭兵国は、その名の通り、マルキエンという名の大傭兵が打ち立てた国で、近隣の国に傭兵を送り込むことを生業《なりわい》としている死の商人国家だ。

ハンマーポルカは、その中でも特に武具の生産が盛んで、装備が整えやすいということもあり、外国の傭兵の巣窟となっている。

世界的に有名な傭兵団の本拠地は、ほぼこの国にあると言っても過言ではない。

もちろん、ルード傭兵団は違うけどね。

ルード傭兵団はまだ世界的に有名ではないって？ まぁ、今はね。

でもアイシャが運営してる我が社の下請け企業なんだから、いずれ世界的に有名になるよ。

「……」

さて、ハンマーポルカ。傭兵の町というだけあって、町中には強面《こわもて》ばかり歩いていた。

だというのに、剣の聖地ほど剣呑《けんのん》に感じないのは、ここが安全地帯だからだろうか。あるいは、俺の中に傭兵は会話が通じる人間だという認識があるからだろうか。

いや、別に剣神流の剣士が、言葉が通じない連中だと言いたいわけじゃないよ？ ただね、言葉より先に剣が出てくるってだけでね。

ただ、なぜか彼らは、エリスへとチラチラ視線を送っている。

エリスに睨み返されても、喧嘩を売るでもなく、ただヘラヘラと笑いながら歩み去っていく。

今のところ、特に何も起こっていないが、いつエリスが喧嘩を売られて、死人を大量生産してしまうか、心配でならない。

「道中どうなることかと思ったけど、無事に到着できたね」

そんな心配をしていると、サラがふと立ち止まり、そう言った。

「ここまででいいよ。本当、助かったよ」

「ここでいいのか？ なんだったら、紛争地帯の外まで送るけど」

「報酬も払えないのに？ 冗談！」

「まぁまぁ、俺とサラの仲だしね……なんだったら、体で払ってもらってもいい」

わざと下卑た顔して手をワキワキさせてみると、『アマゾネスエース』の面々が顔を真っ青にして引いていた。

エリスにも手首を掴《つか》まれ、睨まれていた。

「じょ、冗談だよ……」

「わかってる。冗談じゃなかったら、昨日の夜、手を出されてたはずだもんね」

「サラ、それ以上はやめてくれないか。俺の手の骨が砕け散る」

俺の手首を握り潰《つぶ》さんとするエリスの手をそっと握り返すと、離してくれた。

「あたしらも子供じゃないんだから、ここまで来れれば大丈夫さ」

「そっか」

「あんたはあんたでやるべきことがあるみたいだし、邪魔にならないうちに退散するよ」

邪魔、か……。

確かに、もしこの町にギースがいるというのなら、争いになる。

それに巻き込むわけにはいくまい。

「ま、あんたを護衛に雇おうと思ったら、あたしの体なんかじゃ釣り合わないみたいだしね」

そんなことはないと言いたいが、少なくとも昨晩の様子を見るに、サラが体で俺を雇うことは無理そうだ。

「じゃあ、お別れだ」

「そうだね……久しぶりに会えて、嬉しかったよ」

「俺もさ」

「……あんたは、本当に変わってて、なんていうか、偉いよね」

「別に偉くはなってないと思うけどね」

「そういう意味じゃないさ。あたしはほら、あんたとそういう関係になりかけた頃から、ずっと冒険者で、ずっと同じことやってて、変わってないから……」

「そうは思えないけどな……」

サラはそう言うが、見た目は昔よりいろいろと成長して、大人っぽくなった。

話していると、いろんな部分が変化している。

今回は数日だったが、きっと一ヶ月も一緒にいれば、彼女が当時と変わった部分が浮き彫りになっていくはずだ。

本人は気づかないことかもしれないが、人は変化するものなのだ。

「……」

しばらく、サラは俯《うつむ》いていた。

なんと声を掛けるべきか……。

悩んでいると、ややあって何かを決めたようにバッと顔を上げた。

「よし、決めた！　あたし、冒険者引退する！」

「ハァ!?」

サラの唐突な宣言に、『アマゾネスエース』の面々が素《す》っ頓狂《とんきょう》な声を上げる。

しかし、サラは彼女たちの方を見ない。

パーティメンバーなんだから、宣言は彼女たちに向けてしたほうがいいんじゃないかね。

「冒険者をやめて、何するんだ？　何か新しいことでも始めるのか？」

「別に新しいことなんてしないよ。どっかでいい男でも見つけて結婚して、子供を産んで、狩りでもしながら暮らすつもり」

それはサラが今までやってこなかったことだから、十分新しいと思うけど。

「サラは美人だから、悪い男に騙《だま》されないか、心配だよ」

「安心しなよ。娼館《しょうかん》行って、酔っ払った挙げ句、あたしを卑下しないような奴を選ぶからさ」

「おっと耳が痛い」

それはきっとお互いにとって、胸が苦しくなる話だったはずだが、自然と笑い話にできた。

発端は俺の勘違いからくるＥＤで、その後の俺の行動だから、俺が笑っちゃいけないのかもしれないが。

それでも、サラが許してくれて、笑い話にしようというのなら、いいじゃないか。俺も笑おうじゃないか。

「ま、何か困ったことがあったら、頼ってくれ」

「うん。そうする」

「じゃ」

「うん。じゃあね。バイバイ。ルーデウス」

サラは軽く手を振ると、町中に向かって歩き始めた。

それを、『アマゾネスエース』の面々が追いかけていく。「引退ってどういうこと!?」なんて声も聞こえてくる。

これから、宿かどこかで一悶着《ひともんちゃく》あるのだろう。

けど、サラはあれでいて一途《いちず》というか、頑固なところがあるから、引退を撤回することはあるまい。

紛争地帯を抜けて、そこでパーティを解散するのか、サラだけが抜けるのか。

その後、サラの新しい人生が始まるのだ……。

どっかの誰かみたいに、婚活のために迷宮に潜ったりしないことを祈ろう。

今度はいつ会えるかわからない。また会えるかもわからない。

けれどまた会ったら、今回のように話ができるといい。

今度は俺が話すだけじゃなく、サラの話も聞けるといいと、そう思いつつ、俺はサラと別れたのだった。

第九話「北神と傭兵と」

サラたちと別れてから、俺は先日出会った教導騎士を捜すことにした。

北神カールマンはこの町にはもういないようだが、ギースらしき人物の情報はある。

まさか本人がこんなところにいるとは思えないが、何かしら有益な情報が得られるかもしれない。

あるいは、俺をおびき寄せるための罠《わな》である可能性もあるが……ギースなら、こんな偶然みたいな感じでしか見つからないような罠は張らないと思うんだよなぁ。やるとしても、北神なんていう使徒の確率が高い相手と戦うかもしれないって気持ちでいる状況ではなく、もっと安心させるような出来事を演出し、気が緩んだ時を狙ってくると思う。いや、それはギースっていうより、ヒトガミのやり口だったか。

ともあれ、そのギースらしき人物を、先日の教導騎士が捕まえてくれているらしいので、ひとまずその教導騎士と連絡を取る必要があるだろう。

とはいえ、教導騎士の詰め所がどこにあるのかもわからない。

失敗したな。集合場所ぐらいは決めておくべきだった。

詰め所みたいな場所を探すか……道行く人に聞けばわかるのかねぇ。

「だからよぉ、仲間は売れねえっつってんだよ」

そう思いながら歩いていると、前方からそんな声が聞こえた。

低く、唸《うな》るような、しかし強い意思を感じる、よく通る声。

どこかで聞いたことがあるような……。

「金銭を支払うつもりはない。ミリスの名のもと、大人しくその魔族の身柄を引き渡せと言っている」

対するは、自分を正しいと信じて疑わない者の声。

見れば、通りを挟んで、二つの集団が睨《にら》み合いをしていた。

片方は、おそらく傭兵《ようへい》だろう。バラバラの鎧《よろい》姿に、思い思いの武器を手にしている。

対するは、全員が同じ銀鎧をまとっていた。ミリスの紋章が入った銀鎧……。

教導騎士団が傭兵と揉《も》めているのだ。

教導騎士団が十人程度なのに対し、傭兵は二十人ほど。明らかに人数差があるにもかかわらず、教導騎士団が引く気配はない。

腕に絶対の自信があるというのもあるだろうが……それ以上に、自分たちが正義であることに、絶対の自信があるのだろう。

「じゃあ言い方を変えてやる。仲間は裏切れねえ」

傭兵のそばに立つのは、一人の男だ。

チンピラがそのまま大人になったかのような、目つきの悪い男。

ああ、懐かしい顔だ。ていうか、ちょっと老けたか？　ひげなんて生やしてやがる。

「ゾルダートさん！」

ゾルダート・ヘッケラー。

サラに続き、懐かしい人物がそこにいた。

彼もまた、俺にとっては恩人だ。俺がＥＤだと判明した後、いろいろと世話を焼いてくれた冒険者。

なんか、懐かしい人が多いな今回は。

「あん？　なんだぁ……って、おい、懐かしい顔がいるじゃねえか」

「お久しぶりです」

「ああ……けど今取り込み中だ。後にしろ」

ゾルダートはそう言って、教導騎士の方に向き直る。

「一応、何があったか聞いても？」

「あん？　いきなりこいつらが来て、うちのメンバーを引き渡せってよ。何もしてねえのにだ！」

「なるほど。とはいえ、何もしてないなら引き渡してしまっても問題ないのでは？　彼らだって手荒なことは……」

「バーッカ。しねぇわけねえだろ。ミリス教導騎士団が魔族を引き渡せっつってんだぞ。命は取られなくても、眼球の一つや二つ失ってもおかしかねえんだよ」

あ。そゆことね。

俺の言葉で教導騎士団が動き、それを相手側が拒否したと。

まぁ、魔族排斥派の方々が魔族を連行するとなれば、手荒にもなろうってもんか。

ちょっと考えが及ばなかったというか、もしギースだったら手荒にしてもいいか、という気持ちが先行してしまったかも。

それにしても、ゾルダートの仲間だったとはな……。

うーん。もしゾルダートがギースと手を組んでるとなると、彼とも敵対するハメになるのか。

……嫌だなあ。

「……その、件《くだん》の魔族の方はどちらに？」

「そいつだよ」

と、ゾルダートがアゴで指し示した先。

そこには、一人の猿顔の魔族がいた。

「ん、んだよてめぇ……」

違うな。顔はよく似ているが、体つきはガッシリしていて、戦士って感じだ。どちらかというと、ゴリアーデに似ているだろうか。

状況が状況なので若干の怯《おび》えは見られるものの、相手が教導騎士団であったとしても、武器を手に、勇敢に戦いそうだ。ヒョロヒョロで飄々《ひょうひょう》としていて、ヒラヒラと逃げ回るタイプのギースとは、正反対に見える。

まぁ、ホント、顔は似てる。

ゴリラとチンパンジーぐらい似てる。

もしかすると、同じ種族なんだろうか。ギースはヌカ族の最後の生き残りって話だが。

「君、名前と種族は？」

「俺はロッカ族のグランツェだ！　教導騎士だからって、ビビってねえぞ！」

めちゃくちゃビビってる。足とか震えてるもん。

おーよしよし。すぐ終わるからねー。

「ヌカ族のギースとは無関係？」

「ギース？　そりゃ、昔パーティ組んだことはあるけど……てか、あいつ、また何かしでかしたのかよ！　もううんざりだぜ！　ちょっと似てるからって、何度あいつと間違われたと思ってんだ！大体、ロッカ族は魔族じゃねえ！　獣族だ！」

とにかく別人っぽいな。むしろ被害者の方か。

ま、そんなこったろうとは思ったよ。

「わかりました。じゃあ、俺が彼らと話してきます」

「話してきますって、話を聞くような連中じゃ……お、おいっ!?」

ゾルダートを尻目に、教導騎士団に向かう。

えっと、先日の人はどれだ？　全員兜《かぶと》をかぶってるからわからんぞい。

「失礼。先日の方は？」

「私です。あの、あちらの者たちと知り合いなのですか？」

「ええ、偶然にも……ついでに言えば、あっちにいた魔族も、俺の捜している人物とは別人のようです」

「別人、ですか？」

魔族なのに？　って顔。

魔族だろうが獣族だろうが、別人は別人だよ。

「彼は魔族じゃなくて獣族だそうですよ。ともあれ、ご協力、ありがとうございました！」

はい。解散！

という気持ちを込め、拳を胸に頭を下げると、教導騎士もまた似たようなポーズを取り、去っていった。

「お前、ちょっと見ないうちに、社交的になったな……」

最後に、ゾルダートが呆《あき》れ気味にそう言ったが、マッチポンプを社交的とは言わんだろうよ。

ともあれ、やっぱりギースはいなかったようだ。

★
★
★

ゾルダートがリーダーを務める冒険者パーティ『ステップトリーダー』は、『サンダーボルト』というクランに所属している。

『サンダーボルト』は、世界でも指折りの規模を誇る冒険者クランだ。

この『サンダーボルト』は、現在ハンマーポルカの町に所属する全パーティを集結させている。

なぜ『サンダーボルト』のような大所帯のクランがこんなところにいるのか。

それを説明するには、そもそもなぜ大規模なクランが作られるのかというところから説明しなければならないだろう。

といっても、そう説明すべきことが多いわけではない。

人が企業じみたものを作り、それを運営する理由など、金を安定して稼ぐという目的以外には、そうないのだから。

大抵のクランは、パーティ同士の相互扶助を目的として結成される。

一パーティでは攻略できそうにない依頼を、信頼できる多パーティで受けるため、またそうした依頼を安定してこなすため……。

『サンダーボルト』もまた、そういった理由から結成された。

当時、魔法三大国で活動していた三つの有名なS級パーティが、ある迷宮を攻略するため手を組んだのがきっかけだった。

結果として迷宮の攻略には成功、『サンダーボルト』は一躍有名になり、その後も順調に活躍、規模もどんどん大きくなっていき、一度にいくつもの迷宮を同時攻略するようになっていった。

俺も一度やったことがあるが、高難度の迷宮を攻略したければ、腕と経験と勘を兼ね備えたS級の冒険者パーティが、完璧な装備に身を包み、完璧なバックアップを受けて挑む必要がある。

とはいえ、常に最高の状態で迷宮に潜れるわけではない。

日々を暮らしながら自分たちだけで装備を整え、日程を考え、計画を立て、入念な準備をして迷宮に挑む、となると迷宮に潜れるのは数ヶ月に一度、なんてことになりかねない。

もちろん、適当な装備、適当な計画、雑な準備で迷宮に潜り、運良く高値で売れる魔力付与品《マジックアイテム》なんかを見つけたり、迷宮の攻略に成功する輩《やから》もいるが……大半は悲惨な末路をたどる。

　では、どうすれば常に最高の状態で、しかも高い頻度で迷宮に潜り、確実に最深部にたどり着いて踏破することができるのか……。

　そう、大規模なクランであれば、それが可能だ。

　人は多くなればなるほど、役割分担ができるようになる。

　戦闘力に特化した、迷宮の最深部を目指すパーティ。

　彼らが持ち帰った情報をもとに、低～中階層の魔物を狩りつつ、フロアを探索するパーティ。

　金の管理に装備の準備、計画の立案、情報の整理を行うパーティ。

　様々な役割分担を行い、一つの迷宮に一丸となって挑む。大規模クランなら、可能なのだ。

　それが、S級の冒険者が大規模なクランを結成したり、入りたがったりする理由である。

　しかし、メリットばかりではない。当然ながら大規模なクランにはデメリットも存在する。

　金だ。

　大所帯になり、専門的な仕事を受け持つ人間が増えれば増えるほど、出費も大きくなる。

　迷宮に潜り、必ず踏破できればいい。

　迷宮の最深部で手に入る魔力結晶は、場合によっては一個でアスラ王国に豪邸を建てられる金額で売れるし、道中で手に入る魔力付与品《マジックアイテム》だって、運良くいいものが出れば、百人が一年は食っていけるだけの儲《もう》けが出る。

　が、当然の話だが、必ずしも踏破できるわけではない。他のクランに先を越されたり、最深部を攻略しているS級パーティが全滅したり、途中で資金が尽きてしまったり……要因は様々だが、赤字が続く状況も出てくる。

となれば、クランリーダーは頭を悩ませることになる。

迷宮に潜りたいが、金がない。メンバーを迷宮に送り込むことができない。

金を安定して稼ぐために結成したはずのクランなのに金に悩む。

おかしな話だが、往々にして人生はそんなもんだ。全てが理想通りにうまくいくわけじゃない。

さて、大規模なクランの金稼ぎ。

堅実にやるのであれば、それぞれのパーティがそれぞれ依頼を受けて、その何割かをクランに上納するのがベターだろう。あるいは、多パーティで受けるような依頼……例えばはぐれドラゴンの討伐なんかを受けるのも、選択肢の一つか。

しかし、実は大規模クランならではの抜け道が存在している。

国や大商人からの、専属の依頼だ。

例えば、魔大陸とミリス大陸を行き来する船には、常に護衛が付いている。この護衛は、造船所と専属契約を結んだ冒険者だ。ウェストポートとイーストポートの方も、大規模なクランが一手に引き受けている。彼らは持ち回りで、船を護衛して金を稼ぎ、近隣にある迷宮に潜っている。

さて、では『サンダーボルト』はどうか。

もちろん、『サンダーボルト』は北方大地の魔法三大国におけるトップクランだ。

各地の大商人や、魔術ギルドなんかとも契約を結んでいた。

が、いかんせん手広くやりすぎた。

手広くやればやるほど、しがらみも増えてくる。

具体的に言えば、迷宮から持ち帰ってきた魔力付与品《マジックアイテム》を、商人と魔術ギルドのどっちに売るのか、なんて話も出てくるわけだ。

制限なく各地の富豪と契約し、制限なく各地から金をかき集めて迷宮を探索する、なんてことはできないようになっていたのだ。

とはいえ、クランは膨れ上がってしまった。

五十を超えるパーティ、五百人を超えるクランメンバー。

クランリーダーは、赤字にならないようにしつつ、彼ら全員を食わせる必要があった。

解散するか、縮小してしまえばいい、と思うところではあるが、一度手に入れたものを手放すというのは、想像以上に勇気がいるものなのだ。

クランリーダーは悩んだ。

悩みながら、きっといろんな手を打ったのだろう。

しかし根本的な解決にはならず……クランリーダーはある選択をした。

五百人からなるメンバー全員を食わせつつ、迷宮探索もできる仕事が一つだけあった。

傭兵家業だ。

不可能ではなかった。人殺しは専門外とはいえ、腕と経験と勘を兼ね備えた冒険者が山ほどいるのだから。

かくして、『サンダーボルト』は冒険者クランとも傭兵団とも言えないクランとなった。

住み慣れた北方大地を離れ、紛争地帯に行くということで脱退するパーティもいたが……核となるパーティはクランリーダーについて、紛争地帯に赴くこととなったのだ。

ゾルダート率いる『ステップトリーダー』も、その例に漏れなかった。

今は、迷宮探索と戦争を行ったり来たりする日々らしい。

「ま、実際、悪かねぇよ。ここらなら傭兵の需要も尽きねぇし、資金も潤った。この数年で迷宮も五つ踏破した」

そんな話を聞いたのは、『サンダーボルト』のクランルーム。

ゾルダートは当然の顔をして俺たちを迎え、この部屋で近況を教えてくれた。

彼は淡々と、昔のように、どこかつまらなさそうに、ぶっきらぼうに語ってくれた。

「ただまぁ、参ってる奴もいるな。やっぱ傭兵として人を殺すのは、街道で襲ってきた盗賊を殺すのとはワケが違うってな。迷宮踏破でまとまった金ができたら、そのまま引退して故郷に帰る奴も多い」

『ステップトリーダー』の当時のメンバーは、もう誰も残っていないらしい。

引退か、あるいは死んだそうだ。

俺としても、彼らには世話になったと思っているので、死んだ人たちに関しては、残念に思う。

「ゾルダートさんは、引退しないんですか？」

「あー……？」

ゾルダートは口を半開きにし、ハッと鼻で笑った。

「考えたこともある……が、機を逸したな。このまま命を失うか、腕の一本でも失って、そのまま仕事もなく野垂れ死ぬのが俺の未来だろうよ」

自暴自棄な言葉だが、こういうことは、俺とつるんでいた頃にもよく言っていた。

「そんなこと言って、新人の面倒を見なければって思って、ズルズル残ってんじゃないですか？」

「おお？　なんだコラ、てめぇ言うようになったじゃねえか。昔はそんなこと、口が裂けても言わねえガキだったのによ。あ、確か、結婚したんだったな。それでアレが治って、子供でもできて、ちったあ自信がついたってことか？　えぇ？」

「痛い痛い！」

そう言って、ゾルダートは俺の首に手を回し、脳天を拳でグリグリとしてきた。

懐かしいなこの感じ。

「で、お前はなんだってこんなところに来たんだ？　結婚した男が来る場所じゃねえだろ」

「ああ、まぁ詳しく話すと長いんですが」

俺はこれまであったことをかいつまんで話しつつ、北神カールマンを捜していることを説明した。

「で、今はその活動の一環として、北神カールマン三世を仲間に引き入れるべく動いているってわけです」

「はぁん、龍神オルステッドの配下ねぇ……まぁ、お前は冒険者だった時から、頭一つ抜けてたから、そういうこともありうるか」

ゾルダートは若干驚きつつ、しかしどこか納得しているようだった。

「北神カールマンといやあ、確かに何年か前にいたな。それっぽい奴」

「おお、今はどちらに？」

「さぁ。俺もそこまではわからねえよ」

ですよねー。

「何度か会ったことがあるが、不思議な奴だったたな。いい歳してんのに、やたら元気でよ。ウチの若い奴にも剣を教えようとすんだよ」

「へぇ」

「それがまた的確でな。北神流だってのは見りゃわかるんだが、かといって剣は使ってなくて、そのくせやたら強くて……さぞ名のある奴なんだろうとは思ってたが、北神なら納得だ」

ん？　あれ？　確か、北神カールマン三世は、もっと自意識過剰というか、承認欲求が強い奴という話じゃなかったっけか。

周囲が名前も知らないってこと、ありうるのか？

北神カールマン二世から伝わる、すげー大剣も持っているはずなんだが……。

名前を隠し、剣を封印し、若者に武術を教えようとする……。

それって、二世の方では？

あれ……？

いや、でも、そういうこともありうるのか。

カオス理論じゃないが、俺がこの世界でいろいろと活動したことで、人々の動きは変わっている。

本来、北神カールマン三世がいる場所に、二世がいてもおかしくない。

オルステッド曰《いわ》く、似たもの親子らしいし。

「なるほど。ありがとうございました」

今回もスカか。剣神の時といい、ハズレが多いな。

今までが順調すぎたと言えるが、こう目的を達成できないことが連続すると、焦りを覚えてしまうな。

ギースは着々と準備を進めているだろうに……。

「今回はハズレだったみたいなので、俺は帰るとします」

「トンボ返りかよ。ゆっくりしてったらどうだ？　歓迎するぜ？」

「まぁ、忙しい身ですので」

「龍神の配下だもんな。まったく、偉くなったもんだぜ。俺が冒険者を引退したら、ぜひとも口利きしてくれや」

「ああ、それでしたら、一応ウチの配下にルード傭兵団というのがありまして、やってることは傭兵っていうよりなんでも屋なんですが、ゾルダートさんなら大歓迎ですよ。ぜひ今すぐウチに来てくれませんか！　引退したらと言わず！」

アイシャに話を通さずに勧誘するのはよくないが、俺の紹介ならねじ込めるだろう。もしダメだったとしても、なんなら下請けのルード傭兵団と言わず、上場企業であるオルステッドコーポレーションに入社してもらうのもいい。我が社は未来ある会社だ。新人は大歓迎である。

ゾルダートのように、荒事に強くて面倒見のいい奴は、いくらいても困らない。

「……自分から言っといてなんだが、やめとくぜ。こんな俺でも、慕ってくれる奴がいるからよ」

しかし、返事はつれないものだった。

ま、そうだよな。さっきも、ゾルダートは仲間の矢面に立っていた。

恐ろしい教導騎士団から、仲間を守ろうとしていた。

彼には、彼の居場所があり、彼はそれを守ろうとしているのだ。

「ここ追い出されて、行き場がなくなったら頼らせてもらうぜ。その頃にゃ、マジで片腕の一つも失ってるだろうから、役には立たなくなってるだろうけどな」

「もちろん。それでも構いませんよ。待ってますから」

「ケッ」

俺の言葉にゾルダートは、つまらなさそうに、吐き捨てるように、信じてなさそうに、しかしどことなく嬉《うれ》しそうに、鼻で笑った。

この距離感、懐かしくもあり、嬉しくもありって感じだな。

「まぁ、それにしても、あの日、死ぬんじゃねえかってぐらい酒に溺れて、ボロボロ泣きながら俺に娼館《しょうかん》に連れてってもらったクソガキが、こんな偉くなっちまうとはなぁ～」

おっと、その話はやめてほしいものだ。

「何よその話」

ほらエリスが食いついちゃった。

「お、聞きてえか？」

「ちょっとゾルダートさん……そのぐらいで……」

「いいじゃねえか。お前だってもう昔のことは気にしちゃいねえんだろ？　この話、傭兵団の中では鉄板ネタなんだぜ？」

鉄板なのか。俺の失敗談が。

「どういう話なのよ」

「ああ、この男。今はどう呼ばれてんのか知らねえが、冒険者をやってた頃は『泥沼』のルーデウス、なんて名乗っててな、慇懃《いんぎん》な奴で、誰にでも笑顔で、敬語使ってやがったんだ。そのくせ、腕は超一流でよ。はぐれ赤竜を一人で討伐しちまうような凄腕《すごうで》だった」

別に俺が自分で名づけて名乗ってたわけじゃないし、はぐれ赤竜も一人で討伐したわけじゃないが……まぁ、こういう話は多少は盛ったほうが面白いからな。

「でも、そう名乗り始めるかどうかって頃、まだ泥沼がただの水溜《みずた》まりだった頃は、敬語なんて使わねえどころか、挨拶すらロクにできねえ、笑顔なんて母親の腹ン中に忘れちまったから、そこらで買ったお面を糊《のり》でくっつけたようなヘラヘラ顔でよ、そのくせ目だけは人を見下しててよ、自分はこの世で一番不幸なんですってツラをしていたんだ」

「……」

「シケたガキだった。気に食わなかった」

ゾルダートはそこで一旦《いったん》、何かを思い出すかのように言葉を区切った。

俺の方を見て「ハッ」と鼻で笑い、エリスに向き直った。

「そんなガキがよ、ある日俺たち『ステップトリーダー』の行きつけの酒場に、フラッと現れて、いっちょ前に酒なんか飲み始めたんだよ。いや、ムカついたなぁ。何がどうムカついたかってーのは説明しづれーが、とにかくムカついた。だから、ちょいとからかってやるつもりで近づいたんだ。どうせ喧嘩《けんか》を買う度胸もねぇ奴だと思ってよ」

「……」

エリスは黙って聞いているが、その目は剣呑《けんのん》だ。

いきなり斬りかかりはしないだろうが、いつゾルダートをぶん殴ってもおかしくないように見える。

「そしたら、いきなり殴られてよ。酔っ払ってるとはいえ、魔術師が、剣士をだぜ？　でもな、俺は殴り返さなかった。泥沼の奴な、俺を殴りながら、泣いてやがったんだ。このゾルダート様が、泣きながらぶんぶん拳振り回してくるガキに本気出すわけにはいかねえだろ？」

「……そうね」

エリスが、ぞっとするような低い声で返事をした。

怒っているのだろうか。ゾルダートも、その辺にしておいてほしいものだ。

いや、最終的にこの話は、俺を馬鹿にする感じではなく、ゾルダートが俺の面倒を見てくれたって結論に帰結しているわけだから、最後にフォローいれればいいんだけど。

その前にエリスの拳が物語を砕きそうだよ。

「でな、話を聞いてみたら、パーティの女とちょっといい仲になってベッドインって時に、その前に女に振られたショックでアレが勃《た》たなくなっちまってたってーんだよ。はぐれ赤竜を一人で討伐できるような奴がだぜ？　傑作だろ？」

「……」

「とはいえ、俺もいい奴だからよ。泥沼のアレをなんとか勃たしてやりてぇと思ったんだ。おっと、といっても、俺が手ずから勃たせてやったわけじゃねえぜ？　男色のケはねえからよ……って、ここ笑うところなんだが……」

「あはは一、俺だってゾルダートさんなんかお断りですよ」

エリスの代わりに俺が笑っておいたけど、エリスのまとう空気は最悪だ。

空気中からピリピリという音すら聞こえてきそうだ。

「で、その流れで『じゃあ治そうぜ！』ってことになってな、二人で娼館に行ったんだ。やっぱ、こういうことはその手のプロに限るってな。俺は泥沼を高級娼館に放り込み、酒場で吉報を待った。泥沼が娼館でどんなプレイをしたのか……いや、しようとしたのかは、俺にもわからねぇ。とにかく、泥沼はダメだった。男として、独り立ちできねえ体になっちまってた」

あ、ここ笑うところです。

エリスさん、さぁ笑って……そんな怖い顔せずに。

「ともあれプロに任せてもどうしようもねぇってんなら、しかたねぇなってことで、その日の晩は二人で店中の酒を飲み尽くす勢いで飲んだんだ。で、こっからが傑作なんだけどよ、帰り際、泥沼が娼婦《しょうふ》のねーちゃんの胸を揉みながらよ、『やっぱ女はガキみてぇなのじゃなくて、胸のバインバインしてるのがいい！』って言い出した。そこに通りがかったのが、泥沼のパーティの女。そう、その日の晩に致そうとして、失敗した女だ」

ああ、よく憶《おぼ》えている。

娼婦のねーちゃんの胸を揉みながらではなく、退店した後だったってことまで憶えている。

「バチーン！　二度と顔を見せんな！」

ゾルダートのパントマイムのようなジェスチャーは、道化のようで、実に面白かった。きっと今までに何度もやってきたのだろう。

「かくして泥沼は女に振られ、冒険者一筋として生きていくことを決意したのだった……」

ゾルダートがそう締めくくった途端、クランルームにいた他の冒険者たちがクスクスと笑った。

俺もつられてちょっと笑いそうになった。

いや、面白いというよりは、懐かしいという気持ちの方が強いか。

本当に、あれからいろいろあった。

サラと決別し、魔法大学に行き、シルフィに治してもらい、ロキシーと再会し、パウロが死に……今では、四人も子供がいる。ほんの数年の出来事のはずなのに、いろいろあった。

「……懐かしいですね」

「ほんとにな。あの頃は俺も若かった。お前に意味もなく絡んでよ」

「それは今でもそんな変わってないのでは？」

「ハハッ、言ったなこの野郎！」

また首に手を回され、脳天をグリグリされた。

が、ふとゾルダートは我に返り、エリスの方を見た。

「ていうか、そっちの赤毛の美人さんには向かねえ話だったみたいだな。どこの誰なんだ？　お前、確か赤毛の女は嫌いだったよな」

「あー……」

そっか、こっちにも説明しないといけないんだったな。

「別に嫌いだったわけではないですよ。ちょっとトラウマが植え付けられてただけで」

「世間では、そういうのも嫌いって言うんだよ」

そういうもんなのかね。

そう思いつつエリスの方を見ると、彼女は腕を組んで足を広げたいつものポーズをしていた。

若干ながら不安な顔をしている。

だが、俺が別に赤毛嫌いじゃないことは、エリスもご存知だろう。日頃からどれだけ……いや、こういうのはハッキリ言っておいたほうがいいな。

「嫌いじゃないからね」

「わかってるわ！」

「ヒュー、見せつけてくれんじゃねえか。その美人さんも、お前の女なのか？」

「ええ、エリス。こちら、さっきの話にもあったけど、俺が辛《つら》い時にお世話になった、ゾルダートさん」

そう言うと、エリスは腕を組んだまま、ゾルダートを睨みつけた。

「エリスよ」

「お、おう、ゾルダートだ……って、エリス？　それって、お前がアレになった原因の女じゃなかったか？」

「あ～……説明します……」

サラにしたような説明をもう一度繰り返す。

とはいえ、サラにするのよりは、気が楽だった。

「はーん……ま、お前がいいんならいいけどよ……」

しかし、ゾルダートの反応はというと、サラに話した時より、重かった。

ゾルダートはやや難しい顔をし、ジロリとエリスを睨みつけた。

「当時のこいつ、本当にヤバかったんだぜ？　自殺寸前まで行ったんだ。お前、そこんとこわかってて、コイツの元に戻ってきたのか？」

エリスの毛が、バッと逆立ったかと思った。

俺は咄嗟《とっさ》に立ち上がり、エリスを抑えようとした。ゾルダートを守りつつ、「まぁまぁ、ゾルダートさんにも悪気はないんだ」と言おうとした。

だが、それよりも前にエリスは踵《きびす》を返し、クランルームから飛び出していった。

「あちゃ……言いすぎたか……」

ゾルダートは額に手を当て、そのまま髪をかきあげた。

そして俺を見る。

「教えてなかったのか？」

「え？」

「だから、お前が当時、どれだけヤバかったかって話だよ」

「したとは思いますけどね」

とはいえ、当時の俺を知る者は今までいなかったし、ゾルダート以外に、俺がそこまで追い詰められていたと知る者はいないだろう。

エリスも、シルフィあたりから俺がどういう状況だったかは聞いていただろうし、俺もざっくりとは話したが、実際にどういう出来事があったのか、俺がどれぐらい追い詰められていたのかについて、当時を知る人間の生の話を聞くのは、初めてだったか。

エリスからしてみれば、自分の罪の重さを再確認したって感じなのだろうか。

俺はもう気にしていないというか、幸福な現状の前の、不幸な事故ぐらいにしか思っていないのだが。だって今はもう節操なくやらせてもらっているしね。

「じゃあ、ちょっと慰めてきますね」

「おう……じゃあな泥沼！　俺が腕の一つでも失ったら職をくれるって話、忘れんじゃねえぞ！」

「はい。でも、命までは落とさないでくださいよ」

「つたりめーだ。誰に言ってんだよ！」

この気安いやりとりが、もっと歳を食った時にもできるといいな。

そう思いながら、俺はクランルームを後にする。

外へと続く扉に手を掛けたところで、ふと後ろから声が掛かった。

「あ、そうだ、カールマンの行き先についてはわからねえんだけどよ！　何年か前に傭兵の仕事で行ったところによ――」

そこから語られた情報は、ギースを捜したりヒトガミを打倒するのに必要なものではなかった。

けど、俺とエリスにとっては、非常に重要なものだった。

★
★
★

偶然にも出会えた二人の旧友。

思えば、フィットア領でエリスと別れてからもう十年近く経《た》とうとしているのか。

当時は、後々こんなことしてるなんて思いもしなかったな……自分のことで精一杯で。

エリスと二人で、紛争地帯に行って、北神捜し。帰るべき家には、妻と子供もいる。

ただ、良いことばかりではない。ヒトガミなんていう敵が出てきたし、ギースという、友人なんだか後輩なんだか恩人なんだかわからん奴も敵に回ってしまった。

ついでに言えば、エリスもなんだか落ち込んでいる。

俺が見つけた時は、町の端、ちょっとだけなだらかになった坂で仰向《あおむ》けに横たわり、空を見ていた。

何を考えているのだろうか……思えばフィットア領のロアにいた頃、思い通りにいかないことがあると、馬小屋裏の藁《わら》の上で、こうやって空を眺めていたような気がする。

「……」

いつぞやのように、すぐそばに座ってみると、すっとエリスが手を握ってきた。

「私、ルーデウスに酷《ひど》いことしたのね」

「そうでもないさ」

「でも、自殺しようとしてたなんて、初めて知ったわ」

「あれは……酔った勢いみたいなもんだよ」

「シルフィは知ってるの？」

「知らないんじゃないかな？」

自殺自体は突発的なことだったし、すぐに止められた上、その後も考えなかったから、そこまで話さなかった気がする。

さて、しかしエリスをどうやって慰めたものか。

単に気にしていないよ、なんて言って、素直に受け取ってもらえるだろうか。

無理な気がする。

「……なによ」

「いや、フィットア領でエリスと別れなければ、彼らとも会えなかったなって思ってさ」

「……………悪かったわ」

「謝ってほしいわけじゃないよ。サラもゾルダートさんも、気のいい奴だったでしょ？　ああいう人と知り合えたんだから、悪いことばかりじゃなかったって言いたいだけ」

ギュッと、エリスの握る手に力が入った。

エリスも変わったなと思う。昔のエリスは、こんな風に、わかりやすく弱みを見せなかったと思う。俺だから見せてくれているのかもしれないけど。

「エリスも知っての通り、今は元気だし、子供まで作ったんだから、昔のことだよ」

「……そう」

エリスの手をもみもみしていると、ぐっと引っ張られた。

気づいた時には、上半身を起こしたエリスに肩を掴《つか》まれて、キスされていた。

なんなの。確かに私はあなたのものだけど……ここは屋外で、日もまだ高いのよ？

なのに、いきなりキスなんてされたら……禁欲のルーデウスから性欲のルーデウスに進化しちゃうじゃないの。

「もう、黙っていなくならないわ。二度と」

「はい」

「シルフィにも怒られたんだから」

「はい」

一生付いていきます……。

じゃなくて！　落ち着け、乙女デウスってる場合じゃない。

「俺も、いろいろ気をつけるよ」

「そうね」

「さて、行こうか。今回もハズレだったし、次は、いや次こそ北神カールマンを捜そう」

と、そこでふと気づいた。

俺とエリスを遠巻きに、数名の男たちが見ていたのだ。

傭兵らしい、強面《こわもて》の男たち。その視線はエリスの方を向いている。

敵意はあまり感じない。エリスが剣王と知って、挑もうという感じでもないように見える。

剣の聖地の時と同じように、稽古のお願いだろうか。

「……何か？」

公共の場でイチャイチャすんなって怒られたらどうしよう、なんて思いつつ、聞いてみる。

「ああ、いや、喧嘩を売るつもりじゃなかったんだ」

俺もそんなつもりはないが、まぁ見ている相手がわざわざ話しかけてきたら、そう思うか。

「我らマルキエンの民が信仰している神に、ある言い伝えがあってな……」

「ほう。どんな神か聞いても？」

「森の女神レーヌ。獣の姿をした戦神だ」

レーヌか。聞いたことない名前だな。

獣の姿をした神ということは、獣族の方の信仰かな。

まぁ、このあたりでなぜ獣族の神様が信仰されてるのかはわからないが。

……獣族といえば、ギレーヌがその神様と名前が近いか。

ギレーヌと女神なんて、一番程遠い単語だが……この世界では子供に神様や偉人の名前をつけることも多いだろうから、ギレーヌもそういった経緯で名づけられたのかもしれない。何代か昔の聖獣の名前をつけよう、みたいな。

「レーヌは赤毛の女を捜し求める女神でな、彼女に赤毛の女がいたことを教えると、幸運と勝利を呼び寄せるという言い伝えがあるんだ」

「なるほどね」

エリスがなんだかチラチラ見られていたと思ったら、そういう理由か……。

そうなると、赤毛の女と一緒になれば生涯食いっぱぐれないとか、死後にヴァルハラに行けるとか、そういう言い伝えもありそうだな。

「そういうわけだから見ていたが……ジロジロ見て悪かったな」

「いえいえ」

男たちはそう言うと、去っていった。

「さて、今回もハズレだったわけだけど、帰る前に寄りたいところがあるんだけど、いいかな？」

「構わないわ」

「よし、じゃあ行こう」

俺はエリスの手を取って立ち上がると、町の外へと足を向けるのだった。


その場所を探すのには、ちょっとだけ時間がかかった。

ゾルダートに聞いただけだったし、彼も正確な場所を把握していたわけじゃなかった。

国の名前は変わっていたし、国境線だって変化していた。

何日か探して、見つからなかったら諦めるつもりでいた。

見つかったのは、運が良かったからか、あるいは、かつてギレーヌに一度だけ、その場所の風景を聞かされていたからか……。どちらにしても、偶然に近いだろう。

それは、小高い丘の中腹にある、木の根元にあった。

朽ちた木の板を組み合わせたものが、地面に二つ、突き刺してあった。

片方は壊れていた。誰かに壊されて焚《た》き火にでもされたか、はたまた、作り方がヘタだったから雨風に耐えられなかったのかはわからないが……。

不器用な誰かが、一生懸命作ったのだろう、それは、一般的には『墓』と呼ばれる。

壊れたほうの板には『ルダ』と書かれてる。前後の文字は見えない。

そして壊れていないほうの板。

そこには、こう書かれていた。

『フィリップ・ボレアス・グレイラット』。

恐らく壊れているほうには、『ヒルダ・ボレアス・グレイラット』と書かれていたのだろう。

拙い字だった。線が震えていた。汚い字だと言えた。

でも俺は、これを書いた人がどんな人か知っている。だから、きっと、この名前を書く時、この人たちが本当に死んだと認めたくはなかったろう。辛いことだったろう。その深い悲しみとやるせない気持ちが、今なら理解できる。

なんなら彼女の「文字を書けるようになっていてよかった」という気持ちも。

「……お父様とお母様は、ここで亡くなったのね」

「うん。そうらしいね」

数年前、フィリップとヒルダは、ここにあった国に転移した。紛争地帯に現れたアスラ貴族。なぜ来たのか、どうやってきたのか、一つも答えられず、スパイと疑われた。

フィリップは口の達者な男だった。

腹黒で、頭もよく回るし、政治的な立ち回りも決してヘタではなかった。

だからきっと、なんとかしようとしたとは思う。

でもきっと、転移した時点で、詰んでいたのだろう。

転移した理由もわからなければ、自分の身分証明だってできない。

この国の情勢だってわからない。重要人物だってわからない。それどころか国名すらも。

そんな中で、一人の男が、守るべき妻を背に、誰の助けもなく、一体何ができたというのか……。

俺とエリスだって、ルイジェルドに助けられなければ、そしてルイジェルドを信用するようにヒトガミに言われなければ、彼らと似たような運命をたどっていたかもしれない。

フィリップと似たようなケースだと、リーリャとアイシャだって相当危なかった。

他にも、死んだ人はたくさんいる。

転移した時点で、どうしようもなかった人たちは、大勢いる。

今思い返しても、あの転移事件は、大きな災害だったと思う。当時は異世界だから、これぐらいのことは起きるのかと思っていたが、その後二度と同じ規模の災害が起きていないことを考えると、本当に、未曾有《みぞう》の大災害だったんだと思う。

「お父様は、きっと無念だったでしょうね」

「そうだね」

「生きていたら、今の私たちを見て、どう思ったかしら？」

エリスはずっと墓の方を向いていた。

俺はその後ろに立ち、彼女の背を見ながら答える。

「喜んでくれたんじゃないかな」

フィリップは野心家だった。

俺とエリスをくっつけて、ボレアスのトップに立とうとしていた。もし、あのまま転移事件が起きずにいたら、俺はうまいこと丸め込まれ、そうなっていたかもしれない。

シルフィとの約束があるんです。一緒に魔法大学に行くんです、と言っても、うまいこと丸め込まれていただろう。シルフィを第二夫人にする方向とかで。その後、実際に政権を取れるかどうかはわからないが……。

「そうよね……」

俺の今の立ち位置は、ある意味、フィリップが理想としていたところに近かろう。

王様の恩人で、発言力もあり、アスラ貴族に顔が利き、さりとて責任はそうない。

もし今、フィリップが生きていたとしたら……。

異世界にでも転移していて、十年の時を超えて、今帰ってきたとしたら。

きっと、俺の立場を足がかりにアリエルに近づき、そして最終的には相談役とか、そういうフィリップらしい、裏で暗躍するような立ち位置に収まっていただろう。

「お母様も、きっと喜んでくださってるわよね？」

「もちろん」

ヒルダは、自分の息子をボレアス本家に取られたことを、とても心残りにしていた。無関係な俺に悪意をぶつけてくる程度には。

最終的に、俺には心を開いてくれたようだけど、その後間もなくしてあまり会話をすることもなく転移事件が起こり、二度と会えなかった。

そんな俺とエリスが結婚し、子供を産んだ。アルス。男の子だ。ヒルダにとっては孫になる。

ヒルダはきっと、アルスを大層可愛《かわい》がったろう。

手ずから育てたかった自分の息子のように、いろいろと構ってくれただろう。

ヒルダは貴族らしいところもあったから、シルフィやロキシーの子供のことを差別しそうではあるし、いろいろと悶着《もんちゃく》がありそうな気はするけど……。いや、逆に彼女も、アスラ王国の貴族だし、重婚に関しては理解があるほうかもしれない。エリスに「今のあなたは第三夫人だけど、上の二人を毒殺すれば第一夫人よ」なんて言ったかもしれない……いや、さすがにそんなこと言わないか。ははは、俺の中のヒルダは怖い人だったから、ちょっと想像にバイアスが掛かるな。

何にせよ、きっと、喜んでくれただろう。間違いなく。

「……」

「……」

しばらく、そこで静かな時間が流れた。

きっとエリスも、フィットア領のロアにいた頃のことを思い出しているのだろう。

思えばエリスは、ここまでノンストップで突っ走ってきた。魔大陸からフィットア領に帰り、そのまま剣の聖地に行って修行し、その後は子供を産んだり育てたりしつつ、俺の護衛みたいな立ち位置で、あっちこっち飛び回っている。

フィットア領にいた頃のことを思い出し、感傷に浸る時間なんて、あったのだろうか。

「……」

「ちょっと、何してるのよ」

唐突に墓を掘り返し始めた俺に、エリスが慌てたように聞いてくる。

「お墓、移そうかと思って。ここじゃ、ちょっと寂しすぎるからさ」

「あ……そうね。手伝うわ」

土魔術で無造作に掘り返してもよかったが、俺とエリスは手で硬い地面を掘って、土の中から二つの髑髏《どくろ》を見つけ、丁寧に水洗いした後、持っていた布に包んだ。

「じゃあ、いこうか」

「わかったわ」

エリスはそう言うと、立ち上がった。

お墓は、やっぱりアスラ王国がいいかな。シャリーアの方がお参りはしやすいけど、フィリップにとって住み慣れたところがいいだろう。フィットア領……は、まだまだ発展途上で、かつての面影すら戻ってないから、首都アルスがいいな。うん。あそこのボレアス家に縁のある墓地がいいだろう。

「ルーデウス」

「ん？」

「ここ、連れてきてくれて、ありがとう」

「うん」

エリスの素直なお礼に、俺は素直に頷《うなず》きを返すのだった。


その後、俺とエリスはアスラ王国に寄り、フィリップとヒルダを埋葬した。

ルークにどこがいいか相談してみたところ、ある場所に案内された。

そこはボレアスに縁のある墓地だが、故あって他のボレアスとは隔離されている墓地だった。

あまり知られていない墓地だが、先代の王が十年ほど前に秘密裏に作らせた墓で、ルークもごく最近になってその墓地の存在を知ったらしい。

その墓地の墓標には、こう書かれていた。

『猛々《たけだけ》しき獅子、ここに眠る』

それが具体的に誰のことかは、決して誰も言及しなかった。

墓守は口止めをされているのか、誰の墓か聞いても、決して答えてはくれなかった。

ただ、なんとなくは想像がついた。なぜ、ルークがここに連れてきてくれたのかも含めて。

だから、俺はその墓地に、フィリップとヒルダを入れた。

そしてエリスと二人で、また来ますと言って手を合わせ、その場を後にしたのだった。

★
★
★

剣の聖地への訪問と、紛争地帯での北神カールマン三世の捜索、どちらも失敗に終わった。

二連続で任務失敗した上、最後には盛大に寄り道までしてしまった。

これはお叱《しか》りが飛んでくるかもしれない。

オルステッドが紐《ひも》を引っ張ると、俺の足元がカパッ、ヒュー、ボチャンだ。

……ま、今回に関しては仕方ないだろう。

剣神がいないことは予想外だったが、北神と会えないのは織り込み済みだ。

戦力として大きいであろう二人と会うことすらできないというのは、無力感が募るが、オルステッドの知っているループと外れれば外れるほど、こうしたことも多くなる。

その後、フィリップとヒルダの墓まで行ったのは……素直にお叱りを受けよう。

正直、北神カールマンを捜しに行ったのに、捜していた期間より長くかかってしまった。

「ただいま戻りました。オルステッド様、残念ながら剣神と北神は……」

「む」

と、俺が部屋に入ると、オルステッドが怖い顔を上げた。

激怒の表情である。やはり寄り道が……いや、別に怒ってない。ただ怖いだけだ。

ただ、オルステッドが見ていたものが気になった。

そこには、規則的に石が並んでいる。墓石のようにも見えるそれは、俺が各地に設置してきた通信石版である。石版の下には、それぞれ設置した場所の名前が書いてある。

しかし、アスラ王国、ミリス、王竜王国ぐらいの頃はよかったが、魔大陸を転々としたせいか、やけに増えてしまったな。

これじゃ、社長室じゃなくてサーバールームだ。

「見ろ」

短い言葉と同時に移動したオルステッドの視線の先は、ある一点へと向けられた。

石版の一つが、淡い光を放っていたのだ。

対応する石版は、アトーフェの要塞《ようさい》。

書かれた文字は簡潔だった。

『キシリカ・キシリスを捕獲した』

第十話「二つ目」

魔大陸ガスロー地方、ネクロス要塞《ようさい》。

魔大陸で最も難攻不落なその要塞の奥。滅多に使われない牢獄《ろうごく》の底に、その罪人はいた。

「……グゥルルルル」

その罪人は、手に枷《かせ》を嵌《は》められていた。足には鉄球を付けられ、青と白のストライプのパジャマを着せられていた。

無残な姿だ。

「グルルルルルル」

牢獄に響く唸《うな》り声は、罪人の腹の奥底から鳴っていた。

不機嫌なその音は、罪人が今の状態を快く思っていないことの証左とも言えよう。

あるいは、ただ腹が減っているだけかもしれないが。

「出ろ！」

唐突に、牢獄の扉が開けられた。

やってきたのは、漆黒の鎧《よろい》で全身を覆った二人の偉丈夫《いじょうふ》。彼らは罪人を立たせ、牢屋《ろうや》の外へと連れ出した。

鉄球がゴリゴリと重い音を鳴らしながら引きずられていく。

しかし罪人に鉄球を気にする様子はない。案外力持ちであるらしい。

罪人は黒騎士たちに連れられて、牢獄を出た。

長い廊下と階段を上り、罪人が連れてこられた場所は、謁見《えっけん》の間であった。

「早く行け！」

罪人は裁きを受けるかのように背中を押され、よろめきながらも紫色の燭台《しょくだい》に囲まれた円形の広場へと引き出された。

顔を上げた先には、玉座がある。

かつて罪人も座ったことのある玉座には、魔王が座っていた。

「アトーフェ……」

漆黒の鎧を身にまとった、女の魔王が。彼女を見た瞬間、罪人の顔に、怒りの色が浮かんだ。

「……これは、何の真似じゃ！」

罪人は叫ぶ。腹の奥底から叫ぶ。腹の中に何も入っていないせいか、声はよく響いた。

「フン、オレはオレより強い者につく！　ラプラスの時も、その後も、そうだった！」

対するは魔王。

魔大陸で最も恐れられる魔王は、開き直るかのように、罪人を睥睨《へいげい》した。

「嘆かわしい、死んだネクロスが嘆くぞ！」

「親父は言った、オレはオレの好きなように生きろと！」

「それは、おぬしが人の話を聞かん阿呆《あほう》だからじゃ！　どーせ、好きなようにしか生きられないと匙《さじ》を投げたのじゃ！」

「オレは馬鹿じゃねえ！」

激高する魔王。しかし罪人は怒りなど気にも留めない。飄々《ひょうひょう》とした顔で、鼻で笑う。

「馬鹿じゃや。おぬしは昔っから大馬鹿じゃや。自分でもわかっておろう。目の前に餌をぶら下げられると、なーんも考えられなくなるオツムだってことをのう」

「違う！　カールはオレを賢いと言ってくれた！　物覚えもいいと言ってくれた！」

「それはなアトーフェよ……」

罪人は言い放つ。

魔王に対して言い放つ。

言ってはならない言葉を。

「ただの世辞じゃ」

「ウガアアアアアアアア！」

魔王がキレる。怒髪天をつく勢いでキレる。

周囲の黒鎧《こくがい》たちがすがりつくが、すぐに蹴散らす。しかし黒鎧たちも負けてはいない、スクラムを組んで、ガッチリと魔王を止めた。

魔王は手をブンブンと振り回しながら、罪人に死刑を宣告する。

「てめぇ！　死んだぞ！　ぶっ殺す！　もう一度死ね！」

「へーい、へーい！　悔しかったら算術でも覚えてみぃ」

「うがあぁぁぁぁ！」

罪人のさらなる挑発に、魔王は渾身《こんしん》の力をもって黒鎧たちを押し返す。

「キシリカ様、おやめください！　これ以上のアトーフェ様への挑発は！」

「うるさいわい！　うまいもんを食わせるというから付いてきたというのに、この仕打ちじゃぞ！このぐらい言わんと気がすまんわい！」

そう、罪人は罠《わな》にハメられたのだ。謀《はか》られたのだ。

トレードマークの黒鎧を脱ぎ去った男たちに「お嬢ちゃん、おいしいものをあげるよ、ちょっと付いておいで」と言葉巧みに誘われ、落とし穴に落ちたのだ。

そう、目の前に餌をぶら下げられ、なーんも考えずにホイホイ付いていき、落とし穴に落ちたのだ！

かくして約束は破られた。罪人はうまいもんにはありつけなかった。

「大体、未《いま》だになんで捕まったのか、理由も聞いておらん！　妾《わらわ》が何をやったというのだ！　妾は何も……何も……なんぞ、悪いことでもやったかの？」

そこで罪人はもじもじしながら手をすりあわせた。

悪いことの心当たりが多すぎたのだ。思い返せば、罪人は悪いことしかしてこなかったように錯覚するほど、悪事に手を染めてきた。

誰かが怒るのも無理はない。

「フン！　貴様は悪いことなどやっていない！」

だが、魔王はそう言い放った。

ほんの数秒で怒りは収まっていた。他の者ならまだしも、この罪人相手に怒ってもあまり意味がないことは、魔王も知っているのだ。

「じゃあ、なんでじゃ！　いくらおぬしといえど、なんもしてない妾にこんなことするほど嫌な奴ではないじゃろうが！　おぬしがこういうことをする時ってのは、勘違いした時か誰かに騙《だま》された時で……」

そこで罪人はハッと気づいた。

「そうか、おぬし、また誰かに騙されておるな！」

「違う！　オレは騙されてなどいない！」

「騙されてるヤツはみんなそう言うんじゃ。よし！　そういうことなら妾に全て話してみよ。今ならまだ間に合う、取り返しのつかぬことになる前に、妾が助けてやる。じゃから、はよこの手錠を外さぬか……！」

ぐいっと手錠を前に出す罪人。

対する魔王は、遠く、明後日《あさって》の方を向いて黄昏《たそが》れた。

「騙し合いは話し合いで行われる。だがオレたちは違う。オレたちは戦った。戦い合った。その合戦の後、敗北を認めたのだ」

「嘘《うそ》つけぃ！　負けず嫌いのおぬしが素直に負けを認めるものか！」

「オレに負けを認めさせた男……それは、こいつだ！」

魔王が指さした先。

それは……鼠色《ねずみいろ》のローブを身にまとった一人の魔術師だ。

魔術師は悪い顔をしていた。女を三人ぐらいはべらしていそうなぐらい、スケベな顔だ。

あるいは、それが男の渾身の笑みである可能性もあったが。

「お、おぬしは……ルーベンス！」

「おしい」

「た、確かに貴様なら、あの魔力総量ならアトーフェも……」

おそれ慄《おのの》く罪人。

過去に二度だけ会った人族の魔術師。最初に出会った時はその気持ち悪いほどの魔力総量に笑い、
二度目に出会った時は、魔王を退けるほどの魔力に笑った。

三度目は笑えない。

アトーフェを従え、自らを捕まえさせた男……笑えない。

「フフ……」

魔術師は静かに見下ろしつつ、口元を歪《ゆが》めて笑った。

「実は、キシリカ様に差し上げたいものがありましてねぇ……」

「ななな、なんじゃ、引導か？」

「フフフ、もっといいものですよ」

魔術師は愉悦のたっぷりと篭《こ》もった、ニチャッとした笑みを作った。

「だだ、騙されんぞ！　人族はいつもそうじゃ！　甘言を弄《ろう》して妾を陥れようとする！」

罪人は抗《あらが》うが、もはや退路はない。

あわわと震え声を発し、失禁寸前のおまたを押さえながら、オロオロと逃げ場を探す。

「これを見ても、まだそんなことが言えますかねぇ」

魔術師は、己の背負っていた袋を下ろし、中に手を入れた。

そこから出てきたのは、黒い箱だ。

「ヒッ……！」

罪人の喉から、小さな悲鳴が漏れた。

黒々とした箱！

こんなに黒々とした箱に何が入っているのかを想像するだけで、罪人の恐怖心はどこまでも膨れ上がってしまう。

一体何が入っているのか。

なにせ黒々とした箱だ。黒い箱ではなく、黒々としているのだ。とてつもなく恐ろしいものが入っているに違いないのだ！　だって黒いんだもん！

「これをもらえば、俺の言うことを何でも聞きたくなるはずです」

「な、なんじゃと……!?」

箱が開けられた。

そこには、こぶし大の大きさを持つ輪っかが、ギッシリと詰まっていた。

輪は黄色だが、カビのような白い何かがビッシリとこびり付いている。その不気味な形と危険な色、そして漂ってくる甘い匂いに、罪人は総毛立つ。

「な、なんじゃそれは……それを、どうするつもりじゃ……！」

「フフ、これはね、こうするんですよ」

魔術師はそれを一つ手にとり、キシリカの口元へと近づけてくる。

同時に、黒騎士の二人が、罪人の肩を掴《つか》み、身動きを取れなくする。

「はい、アーン」

「や、やめ……やめ……やめろぉぉぉぉ!!!!」

★ルーデウス視点★

魔界大帝キシリカ・キシリスは、俺が持ってきたドーナツを泣きながら食べている。

「こんなうまいものが世界にあったのか、こんなものが……！」

ミリス神聖国から仕入れてきた新鮮な卵と砂糖を使ったドーナツだ。

製作者はアイシャ・グレイラット。なんでも昔、ナナホシからそんな食べ物があると聞いて、独学で作ったらしい。ウチでは油を使った料理は結構作っているから、材料を集めるのは簡単だったそうだ。

「なんということだ……！　妾はこの味に出会うために生きてきたのかもしれぬ……！」

久しぶりに出会ったキシリカは、なんだか機嫌が悪そうだったが、今はもう大丈夫そうだ。

ドーナツの魔力だな。

このドーナツ、試食の際にはロキシーにも食べてもらったが、効果は抜群だった。

あんな幸せそうなロキシー……は、今までに見たことがなかったかもしれない。

俺じゃあ、あんな幸せそうな顔にはさせられない。否《いな》、ミリスからの仕入れルートを作ったのは俺だ。だから俺があの幸せそうな顔をさせたと言える。

お義父《とう》さん、お義母《かあ》さん、俺はロキシーを幸せにしています。アイシャの作ったドーナツで。

ともあれ、ドーナツには魔族をダメにする魔力がある。

「あ……」

しかし魔力は有限、魔法は回数制だ。

キシリカは十二個のドーナツを食い終えて、悲しそうな表情をした。

「これしかないのか……？」

「ええ」

「…………もし、おかわりを持ってきてくれたら、なんでも望みを叶《かな》えるぞ？」

「その言葉が聞きたかった」

そう言って笑うと、キシリカはハッとした表情を作り、己の体を抱きしめた。

「クッ……やはり体か……いかにあんなうまいものを食わせてくれたとしても、妾の体はバーディの……しかしあんなうまいものを食わせてもらっては……クッ！」

「今、禁欲中なので、そういうのは別にいいです」

「そうなのか……我慢は体によくないぞ？」

「仮に我慢できなくなっても、妻に頼みます」

「妻？　おお、そうか。もう結婚しとるのだったか。いやはや、人族の成長は早いのう……」

さて、本題だ。

今日は、これを聞くためだけに来たんだ。

キシリカは飯をくれた相手に褒美をやると言うからと、わざわざドーナツまで作ってもらって。

「まず一つ、キシリカ様の力で、ギースという男を捜してほしいのです」

「ほう、ギースか……」

「はい、特徴は――」

俺はギースの細かい特徴と、手紙に書いてあった本名と思《おぼ》しきものをキシリカに教えた。

「ふむふむ、どっかで聞いたような奴だの……ちょい待っとれよ」

キシリカは口元を汚したまま、眼をギュルギュルと動かした。

パチスロのようにカシャカシャと変わる眼が、ある瞬間にピタリと止まる。

キシリカの魔眼の一つ、『万里眼』だ。

彼女はそれをもって、宙を睨《にら》む。むむっと顔をしかめつつ、どこかを見始める。

「ほう……む……これは……あ、うまそう……」

ブツブツと呟《つぶや》くキシリカが、キョロキョロと視線を彷徨《さまよ》わせる。

そして、あるタイミングで、キシリカの眼がピタリと止まった。


「見つけた」


あっという間だ。

「北方大地の東端、ビヘイリル王国。そこにある森の中で何者かと話しておるのう……いやはや、悪い顔じゃなぁ……」

キシリカはイヒヒと笑いながら、さらにグッと身を乗り出した。

「さてさて、一緒に話しておるのは……ムッ？」

途端、キシリカの表情が曇った。

「見えなくなった」

キシリカは先ほどと打って変わって真面目な顔をして、眼を閉じた。

彼女は、眼を休めるかのように、瞑《つぶ》ったまま顔を空へと向けていた。

だが、しばらくして、ゆっくりと眼を開いた。

「この感覚は…………そうか。おぬしが今戦っとるのは、ヒトガミ……じゃな？」

いつもとは全く違う、別人のような静かな気配をたたえていた。

「はい」

「ヒトガミと戦っておるということは、つまり、おぬしは龍神についたのだな？」

「……はい」

「ふぅむ……」

キシリカは腕を組み、顎《あご》を引いた。わざとらしいほどの考えるポーズ。

数秒後、彼女は空を仰いだ。月を見るように。もっとも、今は昼間で空は晴天だ。雲しか流れていない。

「それで、アトーフェ。おぬしはこの男についたのだな？」

「ああ」

「そうか……これも天命かのう」

いつものおちゃらけた雰囲気が感じられない。まるで賢者のようだ。

どうしちゃったんだろう。ドーナツが悪いところに入ったのかな……？

「キシリカ様は、ヒトガミのことを、ご存知で？」

「うむ。奴とは因縁があってな……正直、もう関わりとうないと思っておった」

「因縁、ですか？」

「なんてことはない。ほんの四千二百年ほど前にな、利用されたのよ。ラプラスを殺したいヒトガミに、妾とバーディがな」

四千二百年前……？

ああ、第二次人魔大戦の頃か。

「確か、闘神と龍神が戦ったのでしたね」

「そう。妾を守るべく闘神鎧《とうしんがい》をまとったバーディと、魔龍王ラプラスがな」

「えっ……バーディガーディ陛下が？」

今明かされる衝撃の真実、というべきか。

闘神の正体はバーディガーディ……ってことか？

オルステッドはそんなこと、教えてはくれなかったぞ。

でもどっかで聞いたような……あ、ランドルフか。

あれって本当だったのか……。嘘か本当か判別つきにくいんだよな、あのおじさんの話。

「闘神鎧は失われて久しい……だが、バーディが出てきたら注意するがよい。奴は、未だヒトガミめに恩義を感じておるところがあるからのう。敵に回るやもしれん」

「…………はい」

あの陽気な魔王と戦いたいわけではない。

が、敵に回ることも、頭に入れておかなければならないのか……。

できれば、そんな恩義なんてとっくに忘れて、俺の味方についてもらいたいものだが。

「まぁ、アトーフェを味方につけたおぬしなら、今のバーディぐらいなんとかなると思うが、できれば殺さんでくれ」

バーディガーディはアトーフェの弟で、キシリカと婚約している。

身内だ。魔族はおおらかだが、いくらなんでも身内を殺されて黙っているほどではないだろう。

「わかりました。もっとも、あの人を、そう簡単に殺せるとは思えませんがね」

「うむ。不死魔族は、しつこいのが取り柄じゃからな」

キシリカはそう言いつつ、アトーフェをチラリと見た。

アトーフェはキメ顔をしている。

だが、今のは多分、褒めていないと思う。

「それとな……もうちょいと、ちこう寄れ」

キシリカが手招きする。

俺はそれに誘われ、彼女に近づく。彼女が手を口元に寄せる。

内緒話だろうか。

「もうちょい顔を近づけい」

「なんです――」

「ほれ、ずぶしゅー」

キシリカはいきなり俺の左目に指を突っ込んだ。

激痛が走る。

「ぐギアぁぁぁぁあああ!!!!」

思わず後ろへと逃げようとするが、キシリカに髪を掴まれ、逃げられない。

魔導鎧《マジックアーマー》『二式改』も着込んでいるのに、なぜ逃げられない!?

痛い、痛い！

あ、いや、でもこれは……逃げなくてもいいのか。

「ほう、大人しくなったのう」

俺はキシリカの行為を受け入れた。

痛みはある、脳髄にギンギンに痛みが走っている。

いきなり突っ込まれ、グリグリとほじくられるが、何をされているのかはわかっていた。

なにせ、二度目だ。

「終わりじゃ」

やがて、キシリカの指がズボッと引き抜かれた。

激痛の残る眼、失明の感覚。

だが、視力が失われていないことは、俺もよく知っている。

「うまいものには一つの礼を、というのが妾のマイルールじゃ」

「……」

「これは、二つ目になる」

俺は、痛みが引いていく目を押さえつつ、キシリカの前に片膝をついた。

「妾はこの戦いには関知せんが、ヒトガミに対しては、ちーっとばかし、因縁もある。じゃから、それは餞別《せんべつ》サービスじゃ」

手を外す。

視界は二重だ。まるで、片方の目の前に手のひらを置いたかのように、まったく違う景色が映っている。

頭が痛くなりそうだ。

「千里眼。遠くを見るだけの目じゃが、何かの役には立とう」

千里眼か。

早速、右目を瞑り、左目に魔力を込める。予見眼に使っているのと同じように魔力を調節し、遠くを見てみる。

謁見の間から見下ろせる、ネクロス要塞の入り口。そこでは、一人の黒鎧が兜《かぶと》を外し、頭のてっぺんをボリボリと掻《か》いているところだった。

さらに視線を動かして魔力を込める。

視界が空を飛んだ。際限なく拡大できるカメラのように、どんどん飛んでいく。

クレーターが見えた。クレーターの中には、町があった。

だが、町の全体は見られない。

さらに遠くを見てみようと魔力を込める。

が、山でストップした。

山の石の細かい模様や、あくびをする大王陸亀《グレートトータス》の姿は見えるが、そこまでだ。

直線上に障害物があると、そこで視線が遮られるのだ。

魔力を込めるのをやめると、すぐに視界が元の場所に戻ってきた。

単に遠くが見えるだけ。

めちゃくちゃ強力とは言えないし、使い勝手も悪そうだが、使いみちは多くありそうだ。

「今のおぬしなら、二つの魔眼を同時に使いこなすこともできよう」

「ありがとうございます」

俺は素直に礼を言った。

「うむ。では、ルーデウスよ！　また困ったことがあれば妾を頼るがよい！　ヒトガミに関わらんことなら助けてやろう！」

キシリカは手錠をカパッと外し、ていっと足に付けられていた鎖をチョップで切った。

さらに、バッと音を立てて青縞《あおしま》のパジャマを脱ぎ捨て、いつものボンデージ姿へ。

そして、大きく跳躍する。

「サラバじゃ！　とうっ――――ぶっ!?」

キシリカは顔から落ちた。

アトーフェが、その足をガッシリと掴んでいたからだ。

「待て」

「なんじゃい。妾の超絶カッコイイ退場シーンを邪魔しおってからに」

キシリカは鼻からダラダラと血を流しながら、アトーフェを睨んだ。

アトーフェは悪びれる様子もなく、キシリカを見下ろした。

「オレの願いも聞け」

「なんじゃと、いきなり妾を捕らえて牢《ろう》にブチ込んだ奴の願いなんぞ聞けんわい。手を離せ、シッ、シッ」

キシリカは鼻血を拭《ぬぐ》いつつ、アトーフェを手で払った。

だが、アトーフェはそんなことはお構いなしに、キシリカの胸ぐらを掴んだ。

ボンデージがビンと伸びて、キシリカの貧相な胸の先端が露《あら》わになった。

おおっ！

いや、禁欲のルーデウスはこんな誘惑には……クッ！

「アールとアレクの居場所を教えろ。ルーデウスには強い者が必要なのだろう？　あいつらなら適任なはずだ」

「えー、ルーデウスにはさっき、教えてやったからのう……特別サービスで魔眼もあげたし……これ以上はダメじゃ」

アールとアレク。

これは確か、北神二世と三世の愛称だったか。彼らのことを、親しい者はそう呼ぶのだ。

アトーフェに彼らを捜して見つからなかったことを言ったっけかと思ったが、よくよく考えてみれば、アトーフェは二人の身内だから、素で出てきただけか。

「教えろ」

「いー、やー、じゃー」

しかし、キシリカに聞いてくれる気配はない。

ギースの居所は知れたとはいえ、奴が何を企《たくら》んでいるのかわからないし、ここは、ちょっと無理を言ってでも、味方を増やしておきたい気はする。味方はいくらでも欲しいからな。

(ん、無理を言ってでも……？)

そうだ。コレがあったな。

俺は自分の指に嵌まっている禍々《まがまが》しいドクロの指輪の存在を思い出した。

ランドルフの指輪だ。

「キシリカ様。キシリカ様。これを見てください」

「おう？　なんじゃそれ、なんかどっかで見たような、どこじゃったか……なんか嫌な予感がする」

「『ランドルフの願い』です」

「む……ランドルフか！　思い出した！　それは奴の指輪じゃな！」

キシリカの反応は劇的だった。

具体的に言うと、顔色が真っ青になった。

「そうかそうか、奴の願いか……奴には世話になったからのう、めちゃくちゃ世話になったからのう……なんであいつ、妾を世話する度に、『お礼はそのうちでいいですよ、そのうちね、クフフフフ』なんて笑うんじゃろうな……あの笑顔を見る度に、何を要求されるのかと恐怖に震え……」

「これでチャラでしょう」

「そうか！　そうじゃな！　じゃあ、ちょいと待っとれ！」

キシリカは再度、眼をギョロリと宙に向けた。

捜した時間はほんの数秒だ。

便利な検索エンジンだこと。

「アールはわからん。アスラの方だとは思うが、ちと魔力の濃いところにおるのか、それとも魔眼封じでも使っておるのか、ボヤけておる。アレクは街道を歩いておるな……この行き先は、ビヘイリル王国の方向かのう」

「そうか。ならちょうどいい。ルーデウス。ビヘイリル王国に行ったら、アレクサンダーという男を捜せ。お前の力になるはずだ」

「わかりました」

北神カールマン三世がビヘイリル王国に？

ギースのいるところに？

偶然……か？

いや、ヒトガミのことだから、キシリカがギースを発見することはわかるか。

なら罠だな。うん、罠だ。

「よし、以上じゃな？　妾はもうゆくぞ？　足よし、腰よし、肩よし、誰も掴んでいないの？　では、サラバじゃ！　ファーハハハハハ！　ファーハハハハハ！　ファーハファーハファーハーハー！」

俺が悩み、アトーフェが腕を組んで立つ後ろで、ドップラー効果を残して、高笑いが遠ざかっていく。

捕まっていたのはワザとだったのか。

相変わらず、嵐のような人物だ。

なんにせよ、だ。

俺はギースの居場所と、『千里眼』を手に入れた。

★　★　★

俺はアトーフェと別れ、シャリーアへと帰ってきた。

ギースの居場所は露見した。

だが、同時に、その場所に『七大列強』の一人、『北神カールマン三世』が向かっているという情報も得てしまった。

剣神も、北神カールマン二世も見つからない。

となれば、もう、嫌な予感しかしない。

さて、どうするか。

できれば、敵を減らしつつ味方を増やしたいところだが、もしギースが俺の気配を察知すれば、すぐにでも逃げるだろう。

逃げない場合は、すでに戦力を整えているということだから、むしろこちらが逃げたほうがいい。

うーん……。

やはり、先に偵察すべきだな。

その上で、退路を塞《ふさ》ぎ、戦力を配置し、確実に追い詰める。

キシリカが行ってしまったのが残念だ。

彼女がいれば、もっと詳しい状況を知れたのに。

あの便利な検索エンジン、なんとかして飼い殺しにできないものだろうか。こう、ドーナツの工場を作って、搬出口をキシリカの巣にするとか。

なんて考えつつ、自宅へと戻った。

「おう、お帰りニャ」

「ちょうど帰ってきたの」

そこには、珍しい二人がいた。

リニアとプルセナだ。

彼女らは、我が家のリビングのソファに我が物顔で座っていた。

否、それは正確ではない。

我が物顔で座っているのは、エリスだ。

リニアとプルセナは、エリスの膝の上に頭をのせ、耳の付け根あたりを撫《な》でられていたのだ。

完全に服従している状態だ。ハーレムといってもいい。

「おかえりなさい」

「ただいま」

エリスは俺に見られてもその手を止めることなく、撫で続けていた。

「ボス、報告があるニャ」

「それも朗報なの」

二人はそう言いつつも、起き上がらない。

とても気持ちよさそうに喉を鳴らしている。もうすっかり骨抜きのようだ。

「はいなの」

プルセナが寝転がったまま、俺に一通の手紙を手渡した。

態度悪いなぁ……いいけどさ。

「東の方から報告が来たニャ。『例の人形とそっくりの緑の髪に、額に宝石を持つ魔族――スペルド族を見つけたり』……それはその報告書だニャ」

「おお！　ついにか！」

俺は手紙を受け取り、中身を読んだ。

そこには、簡潔に発見報告と、その様子が書かれていた。

なんでも、ある国の商人が、一人の男と取引をしたらしい。

端に布を巻いた白い柄の棒を持ち、鉢金を装着。

分厚いローブを着込み、フードを目深にかぶっていたが、強風に煽《あお》られてチラリと覗《のぞ》いた髪は緑で、ローブの下には、人形と同じ民族衣装のようなものを着ていたという。

彼は人目を避けるように行動しながら、薬を購入していったそうだ。

購入した薬の内容まではわからないが、外見はルイジェルドと酷似している。

「……え」

と、そこまで読んで、俺は最後の一文で目を止めた。

『発見場所：ビヘイリル王国、第二都市イレルより西に半日。地竜の谷森の近くの村』

ビヘイリル王国。

一日に、三度も聞けば、いくら鈍い俺でもわかる。

「そうか……」

ギースに、北神カールマン三世に、ルイジェルド。

ここまでくれば、偶然ではあるまい。

確実に、ビヘイリル王国で何かが起ころうとしている。いや、ギースが、何かを、起こそうとしているのだ。

この手紙も、もしかするとギースの罠かもしれない。

ルイジェルドを盾に取るのか、それとも、まさかルイジェルドが敵に回ったのか。

それはわからない……が、ハッキリしていることがある。

ルイジェルドが危険にさらされる可能性があるというのなら、俺は行く。行かねばならない。

準備期間は終わり。

決戦の時が来たのだ。

間話「ギースと最後の仲間」

魔大陸の某所。ビエゴヤ地方のとある町の町長の館《やかた》。その中庭に、俺はいた。

周囲に充満するのは、濃厚な酒の匂い、そして、酔いどれる上半身裸の男たち。

そんな上半身裸の親玉みたいな奴が、俺の目の前にいた。

俺にとって、その人物は身近だが、雲の上の存在だった。

名前は知っているし、遠目に見ることもある。けど一度たりとも関わり合いになったことはないし、会話したことさえない。

でも確かに世界のどっかにいて、何かやっている。

そんな存在だ。

最近はそんな連中とばかり会っているが、やはり今回も足が震えた。

「フハハハハハ！　フハハハ！　フハ！　フハ！　フハーハハハハ！」

そいつは上機嫌で酒を飲んでいた。

六本の腕で大きな樽《たる》を持ち、そのままあおって一気飲み。

もはや味などどうでもいいと言わんばかりの飲み方は、酒がかわいそうとも言える。

「ご機嫌麗しゅう」

前に進み出てそう言うと、そいつは飲み干した酒樽を彼方《かなた》へと放り投げ、俺を見た。

「フハハハハご機嫌よう！」

そいつは、一言だけ挨拶を返すと、俺から視線をはずした。

「さぁ、次の酒を持ってくるがいい！　貴様らの作る酒、味はそこそこだが飽きがこん！　素晴らしい出来栄えであるな！　フハハハハ！」

俺のことなんざこれっぽっちも興味がないのだろう。

けど、俺はこいつが多少なりとも興味のある単語を知っている。こいつが聞いた時に、無視できない単語だ。

「ヒトガミって知ってるか？」

笑い声が止まった。

視線が俺の方へと戻ってくる。

「……貴様、どこでその名を聞いた？」

「あんたと一緒。夢の中さ」

「なるほど！　ならばラノア王国の魔法大学へと行くがいい！　ヒトガミに関わり深い者がそこにいるであろうからな！　フハハハ！」

センパイのことか。

まぁ、もし俺がヒトガミと関わっていて、そのことで困っていたら、センパイのところに行くのが正しいだろうな。俺だって、そう勧めるだろう。

「いいや、用があるのはあんたの方だ」

「なに?」

「俺はヒトガミについて龍神と戦ってんだ。力を貸してくれ」

「ほう……」

気配が変わったのがわかった。

笑顔から、真面目な顔へ。どんな時であろうと笑っている男の愉快な気配が変化した。

「ならば、一つ教えてやろう。我輩からの助言というやつだ」

「聞こうじゃねえか」

「ヒトガミにつけば、いずれ己の大切なものを己が手にかけることになろう。今のうちに身を引くのが賢明である」

「ああ、ヒトガミの助言に従ってたせいで、俺は故郷を滅ぼすことになったたな」

「……故郷を? うん? だというのに、まだヒトガミに従っていると?」

「まぁな」

見る目が変わるってなぁ、こういうことを言うんだろうな。

今、俺は奇妙なものを見る目で見られている。いい気分だぜ。

「ならば貴様は、己の手で故郷を滅ぼすことになり、何も感じなかったと?」

「まさか、ショックだったぜ? なんつーか、もう手遅れで、どうしようもなくなっちまった時に、初めて自分が、自分の故郷がそんなに嫌いじゃなかったってわかってよ。クソみてぇだと思ってた親兄弟が、それでもいなくなってほしかったわけじゃねえって、理解しちまってよ。なんてことをしちまったんだって、後悔で、何日も立てなかった」

思い返すのは、ヒトガミの助言を受けて旅立ってから、数年経《た》った頃の出来事だ。

あれはそう、パウロたちと出会う前だったか。俺は冒険者で、金に困っていた。

ヒトガミの助言は、ある男にある情報を渡せってだけだった。

いつもの助言と比べると具体的で、どちらかというと頼み事みてぇな言い方で、ちょっとだけ疑問に思ったのを憶《おぼ》えている。

ただ、言われた通りにしてみると、情報を渡した男は、俺に大金をくれた。

大金つっても、当時の俺にしてみればって程度のものだ。一ヶ月ぐらい、仕事がなくても生活できる程度の金か。

俺は満足だった。

その金で酒場に直行し、その場にいる全員に奢《おご》って、自分自身も浴びるほど飲んだ。

けど、翌日だ。

翌日、俺が渡した情報が、ある魔王の逆鱗《げきりん》に触れたことを知った。

温厚な魔王だったが、誰にだって知られたくない秘密はある。

俺の渡した情報ってのは、まさにその秘密であったらしい。

で、魔王は情報を流したのがヌカ族って情報だけを知ったらしい。

だからヌカ族の集落に行って、集落にいるヌカ族を皆殺しにした。

情け容赦なんてものはなかった。男も女も老人も子供も、分け隔てなく皆殺しだ。

そして、魔王も死んだ。

俺が流した情報ってのは、その魔王を殺すための方法の鍵だったらしくてな、俺から情報を買った男から、さらに情報を買った輩《やから》に殺された。

俺だけが生き残った。

ショックだった。泣いたし、喚《わめ》いたし、後悔もした。なんであんなことしちまったんだって。なんであんな奴、信じちまったんだって。

あの時、ヒトガミは何と言ったか。

嘲《あざけ》り、笑われたのは憶えている。

「ひでぇよな。わざわざ一番辛《つら》い思いをさせた上、追い打ちまでかけてくんだから」

「それで、なおヒトガミに加担する……か……フハハハハ！　面白い奴だ！」

「だろ？　よく言われんだよ」

俺みたいに、不幸のどん底まで落とされて、なおヒトガミにすり寄ろうなんて奴はいないだろう。

ルーデウスもそうだし、この男だってそうだ。

「で、俺はあんたも、面白い奴だって思ってる」

「ほほう？」

でも、話を聞く限り、こいつはちょっと違うんじゃねえのかなって思うんだよな。

俺と同じなんじゃねえのかなって思うんだよ。

「俺は詳しく聞いたわけじゃねえが……あんた、好きな女がいるんだよな？」

「うむ！　今では婚約者よ！」

「でも、その好きな女に想いを伝えることは、あんた一人じゃできなかったんじゃないか？」

「ふむ」

「それができたのは、ヒトガミのお陰だろ？　そいつの礼はしたのかい？」

「……ふぅむ。言われてみると、確かに……そう言われるとしておらんな！」

「だったら、その時の礼に、力を貸してくれてもいいじゃねえか？　違うか？」

正直なことを言えば、俺はこの場で捻《ひね》り潰《つぶ》されてもおかしくねえと思う。

この男は、どちらかと言えばルーデウス側の人間だ。

きっとこいつには、わかると思う。ヒトガミの助言を受けて行動し、大切なものを踏みにじられた者の気持ちが。

でも同時に、俺の気持ちもわかるんじゃねえかと思う。

大切なものを踏みにじられ、でも自分が本当に大事だと思っているものだけは奪われずに済んだ、俺の気持ちが。

だって、こいつはヒトガミに騙《だま》された者の中で、唯一残ってんだからな。

手に入れることができたんだからな。

最も大切なものをよ。

「確かに、違わんな！　我輩にはヒトガミに手を貸す義理がある！」

「だろ!?」

「だが断る！」

「なんでだよ!?」

「貴様よ！」

思わず叫んだところ、指をさされた。四本の手、四本の指で同時に。

「フハハハハ！　ほじくり返した過去と、口先だけで仲間に引き入れられては、魔王の名がすたるからよ！」

「……」

ああ、そうか。そういやこういう連中だったな。不死魔族ってなぁ。

長く生きるがゆえに、契約とかメンツとか、とにかく自分ルールにうるせえんだ。

「我輩は不死身の魔王バーディガーディ！　我輩を仲間に引き入れたくば、我輩を倒すがいい！」

そう、こいつは不死身の魔王バーディガーディ。知を与える魔王。

不死魔王アトーフェラトーフェは、力を与える魔王ゆえにその力を示すことで、軍門に下らせることができる。

対するこいつは、知恵を示さなければ、軍門に下らせることはできないと、そう言われている。

「いいぜ、知恵比べなら、俺にだって分があるからな」

「知恵比べだと？　フハハハハハ！　何を馬鹿なことを！　そんなことで決してどうしようというのだ！」

「なに？」

となるとまずいな。喧嘩《けんか》だと勝ち目なんざねえ。別の誰かを連れてくるべきだったか……？

「魔王様は、俺みたいな貧弱な奴をぶん殴って勝ち誇って、それで魔王の名誉が保てると思うのか？」

「まさか、思わんとも！　魔王とは、常に勇者となりうる者にチャンスを与えるものよ」

「……じゃあ、勝負の方法は？」

「これよ」

そう言って奴が取り出したのは、酒樽だ。

「見たところ、貴様も相当な酒豪と見た！」

「ま、酒は好きだけどよ」

飲み比べ……か。

正直、俺はそれほど酒が得意じゃねえ。タルハンドより好きかもしれねえが、強いってわけじゃねえからな。

とはいえ……だ。

見たところ、バーディガーディの傍らには、十を超える空樽が落ちている。

バーディガーディは顔が真っ赤で、完全に出来上がっているようにも見える。

それを加味すりゃあ……いや、騙されるな。こいつは不死魔族。どんだけ出来上がっているように見えても、その容量は無尽蔵。底なしだ。飲み比べで勝てる道理なんざねぇ。

「どうした？　怖気《おじけ》づいたか？　あるいは、勝てる勝負しかしない主義か？」

「いんや、勝てねえ勝負をしねえ主義なんだ」

「ルーデウス・グレイラットは違ったぞ。我輩を前に一歩も引かなかった。大声で笑い、いきなり帝級の魔術をぶっぱなしおった。無論、我輩が勝ったがな！　フハハハハ！」

「センパイと一緒にされちゃたまんねぇよ。こちとら、センパイと違って才能ってやつが欠如してんだからよ」

「ふん。何が勝てない勝負をしないか。何が才能か。当時のルーデウス・グレイラットにそれほどの自信があったと思うか？　奴が自分の才能を心の底から信じ、全ての戦いに身を投じていたと思うか？」

そう言われ、思い出すのは転移迷宮。

センパイは、まぁ、俺なんかよりは自信を持っていただろうが、それでも不安そうな顔を隠せない場面がいくつもあった。

そして最後に失敗して、壊れかけた。

最終的にはロキシーが無理やり立ち直らせて、その後なんとか持ち直したみてぇだが……パウロの死を、引きずっていないわけはねえ。

オルステッドと戦った時だって、勝てるなんて思っちゃいなかったはずだ。ヒュドラ一匹にひぃひぃ言ってた奴が、ヒュドラを片手で殺せそうな奴に挑むんだからよ。

「貴様自身わかっていよう？　安全圏から糸を引くだけでは、勝てぬ戦いがあることぐらいは。時には己の命を危険に晒《さら》してでも、博打《ばくち》に出なければならんことぐらいは」

「……」

「我輩はわかっている。かつてわかっておらんかったからこそ全てを失う羽目になり、そしてその反省から、こうして体を鍛え、酒を飲み、幾人もの友を作ってきたのだからな！　フハハハハ！　貴様らにもかつてのヒョロついた我輩を見せてやりたいものよ！」

知を与える魔王がどんな魔王だったのかは、俺もヒトガミから聞きかじった程度しか知らねえ。

でも、一つだけはっきりしていることはある。

魔王にとって、契約は絶対だ。

たかが飲み比べの勝負。

しかし、それに勝つことができれば、こいつは約束を守る。

ヒトガミの配下になる。俺の手足になる。

あの不死身の魔王バーディガーディが、かつて龍神と戦い、それを打倒した男が、何の名声もねえ、ヒトガミの助言に従って誰かの人生のお零《こぼ》れをもらってきただけの、このギース・ヌーカディアの。

「……わかったよ」

殴り合いの喧嘩なら、万が一にも勝ち目はねえ。

けど、喧嘩じゃねえなら、勝ち目がないってわけでもねえはずだ。

「やろうじゃねえか！　潰してやんぜ、魔王様！」

「フハハハハ！　よくぞ言った！　掛かってくるがいい！」

「その言葉、忘れんなよ」

「さぁ皆の者、ジャンジャン持ってくるがいい！」

勝負が成立し、周囲が沸いた。

「よし、サル顔！　いっちょかましたれ！」

「よそ者のくせに根性あるじゃねえか」

「お前がいくらサルでも相手ぁザルだぞ！　気をつけろ！」

男たちに手を引かれていき、場に座らされる。

見れば、すでにバーディガーディに挑んで敗れた者が、死屍累々《ししるいるい》といった風に倒れている。

見えるだけで五人。見えない分を含めれば、きっともっといるだろう。

なら、バーディガーディだってかなり飲んでるはずだ……勝ち目は、あんのか……？

「ほうれ、まずは一杯目だ」

杯が渡される。

こぶし大の大きさの木のカップに、並々と透明な黄金色の酒が注がれている。

「乾杯！」

「乾杯！」

最初の一杯。とりあえず難なく飲み干すことができた。

うん。かなり飲みやすい酒だな。これならいくらでも飲めそうな、そんな感覚すらある。

けど、そうじゃねえのは、倒れていた男たちの数でわかる。

「くく、誰も彼もが愚か者よ。不死身の魔王たるこの我輩に、飲み比べで挑もうなどと」

「今まで、あんたに勝った奴はいんのかい？」

「いる！」

そこで二杯目が渡される。

やはり並々とつがれた杯をこつんと合わせ、一気にあおる。

「ぷはっ……名前を聞いても？」

「決まっておろう！　魔界大帝キシリカ・キシリスよ！」

「そりゃノーカンだろ」

「フハハハハハハハハハ！　勝ちは勝ち、負けは負けよ！」

魔界大帝キシリカ・キシリスは、不死身の魔王バーディガーディの婚約者だ。

第二次人魔大戦の頃は、主従関係にあった。となれば、バーディガーディが忖度《そんたく》してキシリカに勝ちを譲ることなど、ありうる話だ。

「しかしな、ことその勝負に関しては、キシリカの勝ちよ。我輩はわざと負けることなどせん。魔王の名にかけてな！　フハハハハ！」

三杯目。まだまだいける。

「真っ当な勝負で、あんたが負けたって？」

「うむ。しかしなギース。ヌーカディア最後の生き残りよ」

「なんでぇ、俺のこと、知ってやがったのか？」

「フハハハハ！　己の領民、それも最近滅んだ種族のことぐらい、憶えておるわ！」

四杯目。まだうまい。

「ギース・ヌーカディアよ。貴様、真っ当な勝負というのは、いかなるものだと思う？」

「いかなるものって聞かれても、そりゃ、さっきあんたが言ったように、わざと負けたり、手を抜いたりせず、勝ち負けがはっきりつくまで続いた勝負だろ？」

「うむ。その通り！」

五杯目を突き付けられる。

俺はそれを受け取る。まだいける。まだ大丈夫だ。

「しかして、勝ちというものは常に曖昧だ。そうは思わんか？」

「思うね。世の中には負けてんのに勝ち誇ってる連中も多いわけだしな」

「フハハハハハ！　よくわかっているではないか！」

六杯目。

視界の端の方がくらくらしてきているのを感じる。

けどまだいける。まだ飲める。俺は酔っ払ってなんざいねぇ、大丈夫だ。

「今一度考えてみよ。貴様にとっての勝利とはなんだ？」

「……勝利だぁ～？」

いけねぇ。こいつはいけねぇ酒だ。飲みやすくて、ぐいぐいいけちまうが、濃度でいやあアスラのワインよりよっぽど高ぇ。ラノアの火酒か、そうでなくともドワーフの酒に近い。味がいいから気づかなかったが、これは一瞬で酔っ払うことを目的とした酒だ。こんなペースで飲んでいい酒じゃなかった。

ちょっと落ち着け、ペースを落とせ、このままじゃ負ける。

負けるわけにはいかねえんだ。勝算がなくても、ここで終わるわけにゃいかねえんだ。

「うむ、その通り。よーく、考えてみるがいい」

考える？　考えるだ？

何を考えろってんだ。

勝利、勝利だ……勝利とは何か。俺にとっての勝利。何をすりゃあ、俺は勝ちなのか。

バーディガーディを酒で酔い潰すことか？　違う。そんなことをしてぇわけじゃねえ。

もっとこう、あるはずだ。俺がこんな飲み比べをしている理由。

「ほれ、八杯目だ」

いつの間に七杯目を飲み干したのか思い出せない。

けど、わかってきたぜ。よーするにだ。こいつは知恵比べだ。この魔王様は、回りくどく、俺が酔い潰れるまでに、自分を説得する言葉を見つけろってんだ。

酔い潰すことではなく、負けを認めさせるのが大事だって言ってんだ。

で、負けを認めさせるヒントは会話の各所に散らばってんだろう。

そのヒントをもとに、適切な言葉を見つけ出し、それを言い当てる。そういうゲームだ。

はっ、何言ってるかなんて、憶えてるわけねーだろうが。こんな強い酒をぱかぱか飲ませやがって、ふざけてんのか？

「手のひらの上で踊らせているつもりか？　あぁ？」

「フハハハハ！　我輩の手のひらは大きく、さぞ踊りやすかろうな！」

「誰がそんなお立ち台に上ってやるかよ。踊るのはてめぇだ。俺の手のひらの上でなぁ！」

九杯目。

「よくぞ言った！　が、しかしすでにフラフラではないか！」

「うるせぇ！」

十杯目を受け取る時、手が震えていた。

この一杯を飲めば、確実に自分が吐くという予感があった。

けど、俺の手は止まらない。止まるわけにはいかなかった。理由があるわけじゃねえが、ここで止まってるようじゃ、ルーデウスには勝てねえって、そう思えた。

「うぷっ……」

一気にきた。

胃が、たまった酒に耐え切れず、収縮を始める。

脳がぐるぐると回り、なんとか抑え込もうとおとがいを上げる、喉を通って口の中一杯に、酸っぱい何かがたまる。口を閉じるが、鼻にも流れ込む。不快感が一気に脳髄を走り抜ける。

「うおえええぇぇぇぇ」

吐いた。

固形物などない。胃液と酒の混ざった液体が地面に広がっていく。

酸っぱい臭いが周囲に充満し、やんややんやと見ていた男たちが顔をしかめつつも喝采を上げる。

魔王の勝利だと称賛する。

「フハハハハ！　勝負あったな！」

俺は四つん這《ば》いで、口からだらだらと唾液を垂らしながら、地面を見つめていた。

気持ち悪い。体の全てが気持ち悪い。心も全て気持ち悪い。

俺は……俺は、完全に負けた。完全に、負け犬だ。

「……」

見上げると、そこには六本腕の魔王が見えた。

威風堂々と立ちながら、酒杯を持ってこちらを見下ろしている。勝ち誇った顔で。

目を逸《そ》らす。負けが信じられなかった。勝てる道理なんてねぇはずなのに、心のどこかで勝てると思っていた。飲み比べならまだ、って。

それが、俺の……。

と、そこであるものが見えた。

「む？」

俺はそいつを手に、座りなおす。そして無言でそいつを持ち上げた。

いつの間にか用意されていた、十一杯目の酒杯を……。

「吐いたら負けなんてルール、誰が決めたんだ？」

バーディガーディは一瞬、きょとんとしたのち、にやりと笑って座りなおした。

「誰も決めていないとも！」

第二ラウンドが始まった。

★　★　★

何杯飲んだか覚えていない。

何度吐いたか覚えていない。

途中からは、一杯飲むごとに吐いていたし、吐きながらも飲んでいた。

体はとっくに限界を迎えているし、俺もそれをわかっている。

意識はずっと朦朧《もうろう》としていて、視界は朧《おぼろ》げ、記憶は途切れ途切れ。出てくる言葉はうめき声。

出てくる酒を、ただ機械的に飲むだけの作業。

気絶していないのは、何かの奇跡かなんかだったんじゃねえかと思う。

「お……あ……」

「フハハハハ！　フハハハ！　フハハハハ！　フハーハハハハハハ！」

意識の向こう側からバーディガーディの笑い声が聞こえる。けど、途中まで囃《はや》し立ててた連中の声は聞こえねえ。まるで夢の中みてぇだ。

あれ？　なんでバーディガーディの奴、横向いてんだ？

いや、俺が倒れてんのか？　これ……。

「魔王様、このままではこの男、死にます」

「ふむ……そこまでする男とは思えんかったが……」

「いかがいたします？」

「解毒を掛け、そこらに寝かせておくがいい」

「となると、勝負は……？」

「フハハハ！　これほどの臆病者に命まで懸けられては、我輩も負けを認めざるを得まい！　勇者とは、力の強き者ではないのだからな！　フハハハハハ！」

バーディガーディのそんな声を聞きながら、俺の意識は闇へと落ちていった。

★
★
★

良い機会だ。一つ、昔の話をしてやろう。

それは自分を賢いと勘違いしていた男の話だ。

うむ、勘違いしていたのだ。なにせ周囲の人間がどいつもこいつも阿呆《あほう》ばかりだったからな。

同僚も、力では到底叶《かな》わぬ姉も、敬愛すべき帝王でさえも、皆が皆、オツムが足りなかった。

そんな中において男は、自分を賢いと思っていた。

実際、他の者と比べれば、男は賢かった。

我らの種族は、概《おおむ》ね愚か者しか生まれないが、男は生まれながらにして知恵をつけておった。

物の道理がわかり、人の思考が先読みでき、問題に対する解決策を見つける術《すべ》に長《た》けていた。

数万年に一度の俊才と、親父殿にそう呼ばれ、知恵の魔王、などというあだ名がつく程度には。

だからこそ、男は自分を賢いと勘違いしてしまったのだ。

ん？　なに？　実際に賢いのであれば、勘違いではないと？　フハハハハ！　そうよ、そう、それこそがまさに勘違いよ！

考えてもみよ。愚か者の中で多少知恵が働くからといって、真に賢いと言えるか？　言えまい！

むしろ自分を賢いと思っている分だけ頭が悪い！

さて、話を戻そう。

当時、人族と魔族は戦争をしておった。人魔大戦だ。二度目のな。

後のラプラス戦役と比べれば、戯れのような戦争よ。我らのような寿命の長い魔族は気も長くてな、侵攻もゆっくりで、要《かなめ》となる戦いに勝利しても、人族に立て直しの時間を与えてしまう程度には、まったりとしておった。魔族の誰もが、最終的に勝てばいいぐらいに思っていたな。

男は魔王軍の中でも作戦参謀の地位についておった。

男は現状を見て嘆いていた、今のままではいかん、本当に勝ちたいのであれば、もっと激しく攻め立てて、要所要所を落とすべし……となる。無論、誰も聞く耳など持たん。なぜなら奴らは物の道理がわからん阿呆ばかりだからな！　フハハハハ！

——が、ある日だ。

本当にある日、としか言いようがないな。何の前触れもなかった。いや、あるいは何かあったのやもしれぬが、所詮《しょせん》は男も愚か者、わかろうはずもない。

ある日から、男はな、夢を見るようになったのだ。

男の見る夢には、ある人物が出てきた。人物といっても、男か女かわからない。記憶にも残らん。

まさに夢のような輩であるな。

夢の人物は、『ヒトガミ』と名乗った。

文字通り人の神であるとな。

男は聞いた、神が魔族たる自分を殺しにでもきたのか、と。

奴は言った「僕は神だよ？　この世界に生きる者は全て子供みたいなものさ。だから君を殺そうなんて思ってないよ。ただ、頑張っている君を手伝ってあげようと思ってね」と。

ふざけた輩であった。

訝《いぶか》しがる男に、奴は小さな助言を与えて消えていった。些細《ささい》な助言であったな。少数でいいから、ガルガウ遺跡に手勢を連れて赴け、と。

当時は男も生真面目でな、ガルガウ遺跡にある魔王が駐軍しているのを知っていた。さして危ないことなどないのだが、一応という感じでな、手勢を連れて向かった。

到着してみてビックリよ。まさにガルガウ遺跡では戦闘中、それも魔族が劣勢であった。

人族にとって、男の出現は予想だにしていないものだった。男の手勢は決して多くはなかったが、人族の軍勢を崩すのに十分な働きをしてくれた。

かくして、男は魔王軍の中心人物とも言える魔王を助けたことで、発言力を手に入れた。

そこからはトントン拍子よ。

男は持ち前の賢さで、魔王軍を裏から操った。急速とも言える速度で、人族の領域を支配し、当時獣族だった種族を魔族へと迎合させ、海族を引き入れて、着々とその支配域を広げていった。

人族の絶滅は時間の問題であったといえよう。

男は神に感謝した。これで、偉大なる父の無念を晴らすことができる、とな。

だが、そうはならなかった。

あの時のことは、よく憶えている。

男が立てた作戦は完璧だった。うむ、今思い返しても一分の隙《すき》もなかった。フハハ、といってもその一部も思い出せんがな！　思い出せるのは完璧だということと、あの作戦が成功すれば、アスラ王国への橋頭堡《きょうとうほ》が築かれ、人族は逃げ場を完全に失い、魔族の勝利が確定するはずだったということぐらいよ。

そんな要の作戦は失敗に終わった。

しかしな、それはおかしな話であった。

我が軍は、物量でも質でも勝っていた。それどころか、意識ですらも、人族より上だったはずだ。人族は恐らく、その戦いの重要性というものをわかっておらなんだし、だからこそ、攻め入ろうとする砦《とりで》も手薄だった。ゆえに男も確信を持って戦力を送り込んだのだ。

が、負けた。

送り込んだ兵は皆殺しとなった。

うむ、皆殺しよ。全滅などという生ぬるい言葉で言い表すことすら憚《はばか》るほどにな。一人として生き残りはおらなんだ。

男は戦場跡を見てゾッとした。

万を数える兵が、一人ずつ潰されておった。

何がどうなれば、あのような殺戮《さつりく》が起こせるのか、皆目見当もつかなんだ。

わかったのは、それがほぼ一人の人間の手によって引き起こされたということぐらいよ。

死体はほぼ全て、似たような死に方をしておったからな。

人族の中に、何かしら途轍《とてつ》もない化け物が誕生したのだと、男は理解した。

勇者だ。

第一次人魔大戦の時は、そうして勇者が現れ、圧倒的な力でもって魔族を駆逐したと、そう聞き及んでいたからな、すぐにわかった。

そこから、何をしてもうまくいかなくなった。

男の立てる作戦は、ことごとく勇者に邪魔をされ、叩《たた》き潰された。

全て、その勇者のせいだった……む、なぜわかるのかと？　いやいや、全ての戦場で兵が皆殺しになったわけでもなく、こちらも情報を集めたのよ。

その結果わかったのは、人族もその勇者の存在が何かわかっていないらしい。

ただ黄金の鎧《よろい》を身につけ、戦場に現れては人族に勝利をもたらしてくれる。ただそれだけの存在だった。

人呼んで『黄金騎士アルデバラン』。

アルデバランは、まさに圧倒的な力で戦況を覆し、人族に勢いを与えていった。

ふざけた話よ。男がどれだけ知恵を巡らせ、どれだけの深謀遠慮でもって作戦を立てたとしても、圧倒的な力でねじ伏せられるのだから。

第二次人魔大戦と名がついてはいるが、実際にはあの大戦は、魔族対アルデバランという形だったといっても過言ではない。しかもあやつめ、途中から鎧まで使わずに済ませよった。

そして魔族はアルデバランに勝てなかった。男はその後、要となる全ての戦場で敗北した。

そして、人族の軍が魔族の最後の砦、キシリス城へと迫った。

当時の男は責任感にあふれる男でな、苦境に立たされたのは、自分のせいだと思っていた。勇ましき魔王たちが失われたのも、最強の魔王の一角たる姉を封印されたのも、今まで手に入れてきた領土を奪われたのも、全て自分のせいだとな。おこがましい男よ。

今思い返せば、あのような相手に負けることに、責任をもつことなどなかったろうに。

他の魔王と同様に、あっさりと逃げ出し、地方でひっそりと生きてゆけばよかったのだ。

男がどれだけ責任を感じたところで、もはやどうしようもなかった。

魔族の軍は崩壊し、魔族の領域が全て人族に奪い去られるのも時間の問題だった。

そんな時、男が最も愚かで、どうしようもないと思っていた女が言った。

「貴様のせいではない。あとは妾《わらわ》に任せておくがいい」

それは、敬愛すべき帝王だった。自由で奔放で、好き勝手に生きている女だった。

当時、男はその女のことを表面上は嫌っておったが、フハッ！　内心ではべたぼれよ。なぜ男は知恵の魔王として作戦参謀を務めていたか、女を喜ばせたかったからよ！

最後の最後で、男はそれに気づいた。

そして神に祈ったのだ。

どうか、あの女を助けてくれ、我ら魔族を助けてくれ。そのためなら、我輩はなんでもする、と。

奴が現れたのは、その日の晩であった。

現れたのは夢の中。男とも女ともつかぬ、記憶に残らぬ姿をした奴は、笑みを浮かべつつ、旧友に道端で出会ったかのように、片手を上げていた。

「やぁ」

男は当然疑問に思った、なぜこやつが、人族の神が、魔族たる自分の願いに応えて現れるのか、と。

そんな男の疑問に答えるように、奴は言った。

「アルデバランはね、悪い闘神なんだ。僕も困っているんだよ。このままじゃあ、君の大事な女王様が殺されて、魔族が滅んでしまう」

今にして思えば、穴のある話よ。なぜ魔族が滅んだ程度で人の神が困るのか……。

しかし男は追い詰められていた。藁《わら》をも掴《つか》む思いであった。

「どうすればいい？」

男の返答に、ヒトガミは笑ったよ。あのいやらしい笑みで。

「なぁに、僕の言う通りにしてくれればいいんだよ」

男はそうして旅立った。

男は今では考えられぬほどに虚弱で、骨のように貧弱であったが、それでも不死魔族、不眠不休で歩き続けた。人族の軍を縫うように抜け、十を超える森を抜け、五を超える川を渡り、三を超える山に登り、今はなきある迷宮の奥底で、まずそれを見つけ出した。

それは、紫色の小瓶であった。

もとは、薬か何かであったのだろうそれは、迷宮の魔力によって性質を変化させていた。

「それは魔眼殺しの霊薬さ。それを飲めば、君は魔眼に映らなくなる」

あるいは、それはアルデバランとは違う、人族の勇者が手に入れるべきものだったのかもしれぬ。

魔族の首魁《しゅかい》たる魔界大帝キシリカ・キシリスに対する、特効ともいえる効能を持った霊薬。

一度飲めば、死ぬまで効能が続くというそれを、男は飲み干した。

そして男は再び走り出す。

さらに底の見えぬ谷を越え、吹雪の原野を進み、世界で最も高い山に登り……。

そこで、見つけた。

黄金の鎧だ。

頭の先から足の先までキンキラで、さりとて悪趣味な感じはせず、見る者全てを魅了するような力に満ちた……禍々《まがまが》しい鎧であった。

そんな鎧が、険しい山の山中に、隠されるようにして封印されていたのだ。

「それは身につけた者に無敵の力を与える鎧さ」

改めて言おう、男は馬鹿者だった。

なぜそれが封印されているのか、なぜそれが隠されたのか、そこまで考えなかった。

知恵の魔王などと名乗るのもおこがましい。愚昧《ぐまい》の魔王を名乗るのがふさわしかろうな。

男はヒトガミの言葉に従い、封印を解いた。

封印は複雑であったが、自称知恵の魔王たる男にとって、解除はそう難しいものではなかった。

男は封印を解き、鎧を身につけ……全てを奪われた。

確かに、鎧には力があった。

あふれんばかりの魔力は鎧に自我を芽生えさせていた。

しかしな、最初はその意思は感じられんのだ。

ただただ、男は鎧からあふれる力に酔いしれ、これならば、かのアルデバランをも倒すことができると確信した。必ずや、アルデバランを、そして人族を皆殺しにできると。

うむ、その時から、すでに少しおかしくなっておったのだな。

ともあれ、本来戦いとは迂遠《うえん》であるはずの男は、闘争心に駆られ、疾風のように走った。

最も高き山から飛び降り、谷を、吹雪を、三を超える山を、五を超える川を、十を超える森を飛び越え、人族の軍勢を蹴散らし、愛する女の元へと戻った。

間に合ったと、そう思った。

なぜなら、女はまだ生きていた。

戦い、ボロボロになり、今まさに殺されんとする場面であったが、生きていた。

そして女と戦っていた者は……うむ、少し説明が難しいが、こやつはアルデバランではなかった。実際にはアルデバランといっても差し支えはないが、アルデバランではなかった。なぜなら、アルデバランという名の人族は、最初の戦いにおいて出現した黄金騎士は、その時すでに死んでいたはずだからな。

そこにいたのは、龍神ラプラス。

あるいは魔龍神ラプラスと、そう呼ばれる男であった。

男も、その存在は知っていた。

龍神ラプラス、山奥で隠遁《いんとん》生活を送りつつ、たまに里に下りてきては人々に武術を教える物腰が柔らかく穏やかで、不死魔族に『この男には絶対に手を出すな』と言い伝えられている男……と、その程度しか知らなかったがな。

そんな輩がなぜか女を殺そうとしていた。

普段の男であれば、その理由を考えたろう、理由を聞いたろう。知でもってラプラスを説き伏せ、戦いを避けようとしただろう。

だが、男は闘争心に支配されていた。傷ついた女を見た瞬間、激高していた。

生まれてこのかた上げたことのないような雄叫《おたけ》びをあげ、ラプラスへと襲いかかった。

ラプラスはというと、驚いていた。そうであろう。絶対に見つからぬ鎧を身につけた者が、なぜかいたのだから。しかもそやつは、魔眼にすら映らぬときた。

しかしそれでも、それでも魔龍神の名は伊達《だて》ではなかった。

ただ一人残りし古代龍族の王、この者には絶対に手を出すなと言い伝えられるほどに。

男の本来の力であれば、ものの数秒ももたなかったであろう。

実際、最初の一撃で男は両腕を叩き落とされ、首を刎《は》ねられた。

男が鎧を身につけていなければ、そこで終わりだったろう。

男が不死魔族でなければ、そこで終わりだったろう。

だが、男は鎧を身につけた不死魔族だった。

男は残った肉片から瞬時に再生し、鎧もまた自動で修復された。

鎧は半ば意識を失った男を無理やりに動かし、戦いを続けた。

まさに激戦よ。

ラプラスに誤算があったとすれば、己の作った鎧を、己の選んだ者以外が使うとは、想定していなかったというところか。

男は戦う術など持たぬが、鎧はあらゆる武器を錬成し、あらゆる武術を模倣し、戦況を見極め、千を超える奥義から最適なものを選び放つことができた。

あらゆる奥義だ。

無論、その中には、魔龍神ラプラスが長年をかけて生み出したものも含まれていた。

皮肉なものよ。

ラプラスが何を考えその技を生み出したのかわからぬが、その技はラプラス自身にとって致命傷となりうるものだった。

ラプラスは、真っ二つとなった。

男は、世界最強の相手を打倒し、愛する女を守ったのだ。

素晴らしいことであるな！　まさにハッピーエンドよ！　フハハハハ！

……と、言いたいが、物語はそこで終わらん。

なぜなら、なぜなら男は、まだ動いていた。

鎧に意識を乗っ取られ、闘争心だけが支配する化け物へと変貌を遂げてな。

男が意識を取り戻した時、男の持つ剣が女の心臓を貫いていた。

なぜ意識を取り戻したのかはわからぬ。女が最後の力を振り絞り何かをしたのか、はたまた男にとって取り返しがつかぬほどショックな出来事が、意識を揺り戻したのか。

何もかも、手遅れよ。

男は、自らの手で愛する女を殺してしまったのだ。

「あ……あ……」

言葉など出なかった。

この人だけは守ろうと思っていたのだからな。

「ファ……ハハハ……」

しかし女は違った。

奴は笑ったのだ。今わの際《きわ》で、信頼していた者に裏切られて、なお。

「相変わらず……しかめっ面《つら》をしておる、な……つまらん奴だ……笑え」

「え……」

「どんな時でも……とにかく、笑え……」

「しかし、私はあなた様を……」

「構わん構わん……おぬしは真面目すぎるんじゃ……しかめっ面で……一人で部屋に閉じこもり、酒も飲まず、眠りもせず、何が楽しいんじゃ……大声で笑い、女でも抱け……」

「女など……私は、あなたをお慕いしているのです……！」

「ファハハ……なんじゃと？　ならもっと愉快な男になってみせい……さすれば、結婚してやろうぞ……」

「は……はい……努力いたします……」

「ならば、来世では貴様は婚約者じゃな……ファハハ、ファハ……」

女は最後に笑った。

豪快に、そして力強く、

「ファーハハハハハ！　ファーハ、ファーハ、ファーハハハハハハハハハハ！」

そんな笑い声に包まれながら、男と女は光に包まれ、死んだ。

うむ、なぜ唐突に光に包まれるのかと怪訝《けげん》な顔をしておるな。

実はな、ラプラスめが爆発しおったのだ。

さすが、長年使命感だけで生きてきた男よな、ラプラスめは、自分が死ぬ時のことも考えておった。

死にかけたラプラスは、己が死んだ時に因子をまき散らし、長い年月を経て復活するよう、術を仕込んでおったのだ。

が、ここがヒトガミの策略よ。

鎧によって放たれた奥義が、その術を不完全なものとした。

ラプラスは真っ二つになり、術も半分に、死んだ時に使うはずだった凄《すさ》まじい魔力が行き場を失い、暴走し、爆発したのだ。

不死身のラプラスは死んだ。

まぁ、実際には二つに分かれ、それぞれ魔神と技神を名乗ることとなったのだが、魔龍神ラプラスと呼ばれていた存在ではなくなったため、死んだといっても過言ではなかろう。

さて、死んだといっても男は不死魔族、少々年月はかかるが、復活はする。

その復活の合間、意識を失いながら、淡い夢を見ていた。

夢にいたのは、ヒトガミよ。

「フフ、ハハ、ハハハハハ！」

ヒトガミは笑っていた。馬鹿みたいにな。

「なーにが知恵の魔王だよ！　僕の手のひらで踊らされて、まんまと自分の好きだった女まで殺して！　頭空っぽの操り人形じゃないか！」

ヒトガミは知っていたのだ。

あの鎧を手に入れ、ラプラスと戦えば、意識が奪われ、男が愛する女を手にかけてしまうことを。

全てわかったうえで信用させ、操ったのだ。

「あー、なんどやっても楽しいな。今の君みたいな間抜け面を拝むのは……さいっこうだよ。その顔が見たかったんだ！」

ヒトガミは男をひとしきりあざ笑い、コケにし、バカにし、

「じゃあね。もう会うことはないだろうけど、せいぜい長生きしなよ。馬鹿の魔王様」

そう言って消えていった。

★　★　★

「そんな馬鹿の魔王様である我輩に、力を貸してほしいと？」

何もない世界で、男は言った。

「うん。いや、でもさ、他の人たちと違って君は不死魔族だし、その女も生きていて、今を楽しく生きているわけでしょ？　そんなに根に持たなくていいんじゃないかな？」

「一理あるが、次こそは男も女も両方消滅するやもしれん」

「そんなことないって。本当に困ってるんだ。謝るからさ、力を貸してくれよ。この通りだ」

男とも女とも、若いとも老いているともいえぬ、記憶に残らぬ神は、そういって頭を下げた。

「ふむ」

それは、軽いものであったと言えよう。

誠意なんて、ほとんど感じられないものであったと言えよう。

しかし確かに謝罪であった。人をあざ笑うことを生業《なりわい》とする、謝罪とは最も迂遠な生物が、人を騙したことを誇ることはすれど、謝ることなどしなさそうな男がした、謝罪であった。

あのヒトガミが、確かに頭を下げたのだ。

「我輩が力を貸さねば、どうなるというのだ？」

「僕は殺されることになる。遠い未来の話だけどね」

男は考える。

確かに自分は騙された。

助言に従い人族への侵攻を早めた結果、眠れる獅子を起こした。呪われた鎧を掴まされ、最愛の女を手にかけることとなった。忠義をもてあそび、踏みにじられた。きっと、当時のヒトガミには全て見えていた未来だったはずだ。絶望の表情で、無様に泣きじゃくる自分の姿が。確かにそれをこいつは笑った。さも面白そうに。

許せないことのはずだった。

誇るべき魔王軍はもうない。

男はすでに魔王軍の作戦参謀ではなく、ただの魔王に過ぎない。

「『彼』の件も助けてあげたじゃないか」

「それについては感謝しておる」

「だろう？」

その助言は人づてに伝えられたものだった。

見知らぬ人物から伝えられた二つの情報を、男なりによかれと思った方向へと導いた。

あとになって見知らぬ人物に、なぜそんな情報を持っていたのかと聞き、「夢の中で神様にそうしろと言われた」と聞かされて、苦い顔をしたものだ。

とはいえ、その情報自体には感謝していた。

お陰で、かつて領民だったある種族と、その種族の英雄を助けることができた。

英雄の嬉《うれ》しそうな顔を、男は忘れることができない。

「だからさ、頼むよ」

ヒトガミはそう言って、もう一度頭を下げた。

「ふーむ……」

男は考える。

多少良いことをしたとはいえ、許せないことをされた事実は消えない。

しかし、さて、許せないというのは、本当に許せないことだろうか。

他ならまだしも男は不死魔族。女は、当時は知らなかったが、そう簡単には死ねない運命を持っていた。どちらも生きている。

無論、かつての男であれば、むべなく断ったろう。

むしろ敵方につき、かつての怨《うら》みを晴らそうとしただろう。

だが、男はかつての男ではない。変わったのだ。

知恵の魔王などという、頭でっかちな存在であることを過去のことにすべく、体を鍛え、大声で笑い、女を抱き、酒を飲んで酔っ払い、どこであろうと大の字で寝る。そんな、女の婚約者にふさわしい男になったのだ。

今の男は知恵の魔王ではない。軟弱で、神の助言を受けなければ女一人助けられないような男ではない。

不死身の魔王バーディガーディ。

旧キシリカ城が聳《そび》え立つリカリスの主《あるじ》、ビエゴヤ地方の王である。

細かいことなど気にしない、豪放磊落《ごうほうらいらく》の魔王だ。

そんな魔王が、何の力も持たぬひ弱な魔族に戦いを挑まれ、負けを認め、その上、怨敵とも言える相手から謝罪まで受けたのだ。

なら、こう言うだろう。

「フハハハハハ！　よかろう！　そこまで言うなら助けてやろうではないか！」

「ほんとかい？　いやー、助かるよ！」

かくして、バーディガーディはヒトガミの使徒となった。

★　★　★

「して、いかにして戦うつもりなのだ？　敵は？」

「敵は龍神オルステッド」

「ほう」

「といっても、倒すべきはその配下、ルーデウス・グレイラット」

「あの阿呆のごとき魔力を持った小僧か」

バーディガーディはルーデウスとは一年ほど近くにいただけにすぎない。

かの魔神ラプラスを超える魔力を持つ少年だと、キシリカに聞かされ、興味を持った存在だ。

かのラプラスが復活したのであれば、会っておく必要があるとも思った。

実際にはただ魔力が多いだけの小僧であった。さりとてどこか不思議な感じもしたが、不思議な感じがする程度なら、普通の少年であることに変わりはない。

「フハハハハ！　あの小僧め、今は龍神の配下となっておるのか！　何をどうすれば、あのむっつりしたわけのわからん男の配下に収まるのだ！　面白い！」

「いやー、僕にもさっぱりだよ」

「ふん、そんなことを言って、どうせ貴様がだまくらかした結果、復讐《ふくしゅう》の鬼と化したのだろう？」

「そこらへん説明するのは面倒なんだけど……まぁ、間違っちゃいないね」

「フハハ！　自業自得ではないか！」

男は豪快に笑った。かつての意趣返しだと言わんばかりに。

ヒトガミはその豪笑に対し、実に嫌そうな顔をした。しかし男が駒となったことに変わりはなく、溜飲《りゅういん》を下げざるを得なかった。

「まぁ、いいさ。詳しい作戦はギースが考えているけど、ま、簡単に言えば他の使徒と協力しあって、ルーデウスを罠《わな》にはめるって感じかな」

「ほう、正々堂々正面から戦わんと？」

「正面から戦わずに勝てるなら、それに越したことはない。そうだろ？」

かつての知恵の魔王であった男なら、その言葉に一も二もなく頷《うなず》いたことだろう。

しかしながら、今の男は馬鹿の魔王。不死身の魔王バーディガーディ。

相手からの一撃を受け、耐えきってから反撃で倒す魔王。ルーデウスに言わせれば、一種のプロレスラーである。

「気に食わんな」

「……ま、今の君ならそう言うだろうね。でも、君は誰よりもよくわかっているだろ？　君が真正面から挑んだところで、龍神には勝てないって」

「で、あるな」

「だからね。君にはこれから、ある場所に行って、あるものを取ってきてもらおうと思うんだ」

「……それは、人族の軍を縫うように抜け、十を超える森を抜け、五を超える川を渡り、三を超える山に登り、底の見えぬ谷を越え、吹雪の原野を進み、世界で最も高い山に登ったところではなかろうな？」

「いいや違うとも。海を一つ、越えてくれるだけでいい」

ヒトガミは次の瞬間、笑った。

「もっとも、取りに行ってほしいのは、君もよく知っているものだけどね」

その言葉で、バーディガーディはそこに何が眠っているのかを理解した。

それは、彼にとって忌むべきものである。

だが龍神と戦うのであれば、そしてそれを倒したいと思うのであれば、必要不可欠となってくるものでもある。

「うーむ……ま、よかろう！」

バーディガーディは一瞬悩んだが、しかしすぐに頷いた。

彼は不死身の魔王バーディガーディ。キシリカ・キシリスの許婚《いいなずけ》。細かいことにこだわるような、ケツの穴の小さい魔王ではないのだ。

勝負に勝ったら配下になると言ったのだ。

謝罪を受け入れ、力を貸すと言ったのだ。

魔王にとって契約は絶対だ。絶対と言いつつも嘘《うそ》をついたり誤魔化したりもするぐらいには適当だが。ともあれ、力を貸すと言った相手に、例のものを取ってきて、それを使って戦ってくれと言われているのなら、それに従うことに躊躇《ちゅうちょ》はしない。

「他に助言はないのか？」

「残念ながら、僕の目も魔眼の一種でね、魔眼殺しを飲んだ君の未来は見えないんだ」

「そうかそうか！　それは良いことを聞いた！　やはり人生、先が見えてはつまらんからな！　フハハハハハハハ！」

バーディガーディは愉快であった。

自分が笑えば笑うほど、かのヒトガミが、実に不愉快そうな顔をしていたから。

「君の未来は見えないけど、別の男の未来は見える。そいつは君ほどじゃないが、賢く、力無い者の戦い方を心得ている男だ。彼の言葉に従いなさい」

「フハハハハ、あの猿顔の小兵か！　いいだろう、せいぜい、奴の手足となって動いてやろうではないか！」

「では、知恵の魔王バーディガーディ」

「違う。今の我輩は馬鹿の魔王様。不死身の魔王バーディガーディよ！」

「……では、不死身の魔王バーディガーディよ……頼みましたよ」

「任せるがいい！　フハハ、フハハハハ、フーハハハハハハハハハハハハ！」

自分の笑い声を聞きながら、バーディガーディは次第に視界が白く染まっていくのを感じる。

「フハーハハハハッハア！」

嫌そうな顔をするヒトガミを満足げに見つつ、バーディガーディは意識が消えるまで、笑い続けたのであった。

無職転生 ～異世界行ったら本気だす～ 23

2020年 6 月25日　初版第一刷発行
2023年 6 月10日　第八刷発行

著者　理不尽な孫の手
発行者　山下直久
発行　株式会社KADOKAWA
〒102-8177　東京都千代田区富士見2-13-3
0570-002-301（ナビダイヤル）
印刷・製本　株式会社広済堂ネクスト
ISBN 978-4-04-064540-7 C0093

企画　株式会社フロンティアワークス
担当編集　今井遼介／大原康平（株式会社フロンティアワークス）
ブックデザイン　ウエダデザイン室
デザインフォーマット　ragtime
イラスト　シロタカ

本シリーズは「小説家になろう」（https://syosetu.com/）初出の作品を加筆の上書籍化したものです。

この作品はフィクションです。実在の人物・団体・事件・地名・名称等とは一切関係ありません。

神様のミスで異世界にポイっとされました
I Was Thrown Out To Another World Caused By God's Failure.
～元サラリーマンは自由を謳歌する～
でんすけ
densuke
イラスト：
長浜めぐみ
STORY
神様のミスで異世界へ飛ばされた
元サラリーマンのコウ。
彼が神様からお詫びに
授けられたのは、
若返りと魔法能力だった。
彼は三年間魔法を鍛え続け、
規格外の魔法使いとなって
異世界ライフを
堪能していくが……!?
3年間鍛えに鍛え上げた魔法で
元サラリーマンの
魔法師は
我が道をゆく!!
MFブックス新シリーズ発売中!!
MFブックス

MFブックス既刊